黑貓上等

黃昏時不要打開課本

羽曜

目錄

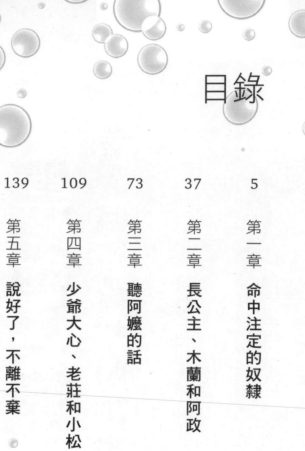

世界宛如泡泡般的存在

第一章 命中注定的奴隸

黃昏——

日神逐漸抽去了身影，夜神踩著日神的影子而來。

日神的燦金長袍在夜神的手中染上了深紫幽光。

夜神的黑髮在日神的回眸中是琥珀色的漸層。

光明與黑暗也趁機互相追逐。

一退一進，看似二分，卻逐漸合一。

又逐漸消融。

一切都正在運行著。

只是……

有點睏了。

我打了個呵欠，抬起頭，直盯著遠方的天空。

——這是日神與夜神交纏的時刻，也是兩個世界相遇的時刻，什麼都有可能。妳看，天空顏色多美！

阿嬤的話在腦中一直喵喵喵迴響，讓我耳朵有點癢癢的。

我迅速搔搔耳朵，想起小時候每到這個時刻，阿嬤常牽著我的手一起到王宮最高處的長廊盡頭，等待黑夜來臨。

「喵，好冷喔！」我拉著阿嬤的手，身體跟著縮到阿嬤背後。

不知為何，一天裡的這時刻往往容易吹起莫名大風，而年幼的我特別怕冷，其實不太喜歡被阿嬤帶來吹風。

「嗯。」阿嬤瞇起眼睛，看著我笑了笑，更摟緊了我一點，又轉頭凝視遠方，說——

咦？阿嬤還說了什麼？我有點想不起來……

或者阿嬤根本沒說話，只是風聲……

不，我確定阿嬤真的說了什麼！就像……就像我十分確定看見了她瞇成一條縫的金色瞳孔，堅定而美麗，宛如正跟世界訴說著什麼以及等待回應；這是我族的特徵之一，就像現在的我一樣。

我們都望向遠方。

不同的是我已經離開了王宮，獨自在荒城一處傾毀的高牆上，牆面上好像有幾個寫著「高中」之類已經難以辨認的字，牆腳下停著我的寶貝重機小趴，除此之外就是一大片又一大片廢棄倒塌的舊建築、變形的地面鋪路，還有日復一日逐漸遮蓋荒城的細細黃沙。

到處都是差不多的樣子。

到處都被日神和夜神交疊的顏色包圍著。

穿過建築縫隙中的風，毫不留情地竄到我臉上。

「啊——哈——啾！」

一個噴嚏之後，我知道時間到了，該回去了。

不然，我會有大麻煩！不，應該是很煩——上頭有十五個哥哥，可不是管我管假的呀！

唉！

只能把剛剛想到的什麼暫停一下，趕緊從圍牆直接跳到我的小趴上。

天空又換了一種色彩，也暗了一些。

空氣中嗅得到夜神的味道了。

心想今天在外面晃得比較晚，得趕快回去，便催緊油門，朝土宮方向直奔。

「喵～喵～小黑貓～」邊騎車邊大聲唱歌真的很爽很爽——但是十三哥說女生不能講「爽」這個字，顯得不夠端莊。

為什麼女生不能說「爽」啦？

可是現在別說四下無人，而是四下什麼都沒有，我才不管呢！

「好——爽——啊——喵——」

一路呼嘯而過，以為空寂的道路，我卻好像「錯過了什麼」。

放慢速度，掉頭往回騎，幾棟廢棄商業大樓前有幾道裂痕的矮牆上似乎有個「什麼」。

「妳沒事別亂跑，外面很危險的，有壞東西。」想起從小到大，十三哥不斷的威脅恐嚇，心中驚了一下，但搖搖頭後就把十三哥的話搖出去了。

重點是：什麼是壞東西？會跟我打架嗎？如果我打贏了，可不可以把它吃掉？

十三哥每次都這樣，話只說一半，都不說清楚。

我才不要管他呢，哼！

熄掉引擎，停下小趴，隔了一點距離看著那個「什麼」。

她也在看著我——那是個女孩子耶！

既然是女孩子，那就好辦了。我跳下小趴，也以「女孩子」的樣子去接近她。

她還是一動也不動，只有一雙大大的眼睛眨了一下。

我們的眼神都沒從彼此身上移開。

夜神在旁邊也安靜地看著。

風停了。

「妳很爽嗎？」她輕輕吐出一個問句，大眼睛裡似乎也輕輕浮現出問號，卻沒什麼其他表情。

「啊？啊啊啊啊啊！女孩子不能講這個字！」我脫口而出十三哥的話，心想不妙，莫非我剛剛大聲嚷嚷都被她聽到了？——不要啊！對方是女孩子耶，我想找女孩子陪我玩，不能嚇跑人家！

——完蛋了，沒形象了！她會不會覺得我很奇怪？

我也是可愛的女孩子呀！

現在變回貓身逃走，然後重新再來，有用嗎？

還是假裝沒看到她？可是她是女孩子耶！頭上還綁著好好玩的雙馬尾，搖晃搖晃的，好想抓抓看——

我手足無措的樣子，在她看來一定很蠢。

「妳好可愛。」她又吐出另一句話，也是那樣清清淡淡的，彷彿我上一秒的慌亂完全不存在。

——沒關係，只要有可愛就好！

我收回亂七八糟的思緒，靠近她一點點。

「妳好。」

「妳好。」

「喵，我是喵阿妮。妳是誰？」

「木蘭。」

我又靠近她一點點，這才看清楚她除了大眼睛、雙馬尾，手臂上還戴著盔甲，仗著一把有眼睛的紅色長劍，微弓著背，像男生那樣的坐在矮牆上，裙子底下的雙腿分得有點開。這若讓十三哥看見了，一定說坐沒坐相、沒規矩。

但是，好帥氣啊！

而且她的氣場很好。雖然有些暗流與漩渦，卻是穩定的介於某種白與藍之間的光中流轉。這樣其實滿好的！因為阿嬤說，如果一個氣場滿滿都是光，那才恐怖呢！

我決定走到她旁邊。

「所以，妳姓木嗎？」

「木蘭就是木蘭。」

「喔，那我也是！喵阿妮就是喵阿妮。」

我在她旁邊跟她一起並肩坐下了。

木蘭沒拒絕，也沒什麼太大反應，彷彿我本來就在那裡。

我偷偷聞著她的味道，想要好好記住木蘭。

十三哥說人類女孩聞起來甜甜的、奶奶的，像香草布丁。

我沒聞過人類女孩，我以為木蘭應該也是這個樣子，卻有哪裡怪怪的。

她聞起來也像香草布丁，還加上其他味道，像荒城裡的廢鐵味，可又更為冷冽、清新，像冬至時的空氣。

——木蘭，妳是人類女孩嗎？或者，妳是……

「我是仿生人。」木蘭突然冒出的話就像接著我的思緒，有點嚇人呢！我不禁往後縮了一點，她依然沒什麼大不了的樣子，說：「妳是貓族吧！」

我點點頭，完全沒細想她怎麼知道我是貓族。

我比較好奇木蘭是仿生人呀！好想問她好多問題。

喵師教過這世界有三大族群：貓族、人類、仿生人。人類又可再細分為真人類、狂暴人類，而仿生人則依階級各有不同，有些仿生人具備特殊能力，可能有攻擊性。人類和仿生人多在大陸北邊活動，有些地區則是人類和仿生人對戰的狀態。

快速複習了一遍喵師教的東西，我雖然上課時睡睡醒醒的，幸好還學了個大概，不算完全空白。

但是，如果木蘭是仿生人，她怎麼會到大陸南方來呢？仿生人不是住在大陸北邊嗎？

這裡只有木蘭一個仿生人嗎？她有沒有同伴？

她是哪個層級的仿生人？她很厲害嗎？

還有……她會不會傷害我？

坐在木蘭旁邊，我才發現她的右手與其說是裝備了盔甲，不如說是整條手臂都是機械手臂，跟她從盔甲裡露出的左手手臂不一樣。木蘭的左手臂看起來「很正常」，就跟我的（或人類女孩的）很像，但是她的右手臂有點讓我害怕。

可是，我想相信她。

如果，第一眼的喜歡不算喜歡，那可真讓我們貓族蒙羞了。

好多問題想問，卻在腦袋中打成了結。

一時語塞。

天邊最亮的那顆星已經昇到頭上。

夜神早就佔據世界。

我應該沒救了——這個時間還沒回王宮，嗯嗯，我得想想到時候回去時該怎麼辦。

——怎麼那麼多事情要想啊？

我只想開開心心的就好了。

唉，該死，還是要快點回去。

我問木蘭：「妳要跟我回去嗎？」

她卻噗哧一聲笑出來。

只有小小的一聲，但我十分確定她那幾乎無表情的臉上，真的有「噗哧一笑」。

我不知道木蘭笑什麼，她又說：「妳好好玩。但是我不要跟妳回去，我就在這裡。」

木蘭指了指不遠處的帳棚，像歷史書裡面畫的從前人類行軍打仗用的那種帳棚，而且所處位置很巧妙地融入周遭環境，難以在第一眼就被察覺其存在。

「那我要回去啦！不然會死得很慘……」我騎上小趴，跟木蘭道別，又有點不捨，「妳明天還在嗎？我明天黃昏再來找妳。」

木蘭沒說話，朝我揮了揮手。

我就當她答應了。

我們這樣算約定了吧？

現下，我沒時間再跟她確認，我得趕快回去。

★★

「喵——阿——妮——妳跑到哪裡去了？這麼晚才回來！」

果不其然，還沒到王宮大門，就見到月光下，十三哥在王宮城牆上對著我大吼。

雖然早已習慣十三哥的神經質，但站在城牆上吼，也太誇張了吧！

有一個這麼黏人精的哥哥，實在很麻煩。他為什麼都長不大呢？我不能整天顧著他，我也要有自己的時間做想做的事呀！

我不管他，依舊按照向來的習慣，跟大門守衛打招呼，等他打開車道專用門，先去停車場停好車，再對著後照鏡梳一下頭髮，拍掉身上的灰，才悠悠哉哉地走進王宮。

只是，這一次，悠哉完全被十三哥打斷了。

他早已奔到停車場口「堵」我。

還有四哥。

還有十一哥。

還有十四哥。

還有九哥、七哥、十二哥、三哥、二哥、五哥、十哥、六哥、八哥、十五哥。

最後則是大哥。

這是什麼出場順序？

不，應該是好恐怖啊——我可以逃走嗎？

說實話，真的很想轉身就跑，但我一把被四哥激動地摟在懷裡，他不停磨蹭我的臉頰，好像還淚光閃閃？嗯？

「怎……怎麼了？」我心想難不成王宮內出什麼大事了？難不成身體不好的阿嬤怎麼了？

「妳還問怎麼了，呼！」十三哥氣得直對我哈氣，我趕快避開他，轉問不管我怎麼鬧都不會生氣的大哥。

大哥微皺著眉，說：「十三說妳不見了，嚷得整個王宮快翻了。」隨即又輕拍我的頭，「應該沒事了。」

大哥一伸手，其他喊「哥」手也紛紛伸過來。有的拍頭，有的拍臉，還有誰偷拉我耳朵。

我奮力從四哥懷中和其他哥哥們的手中掙脫，用最大的力氣翻白眼給他們看，「你們夠了啦！有沒這麼誇張？」

「還不是十三哥？」平常不怎麼理我的十五哥，用下巴指了指十三哥，又轉頭看看大哥，然後說：「現在看起來沒事了。我肚子餓，要先去吃東西。」

可是，十五哥說歸說，仍留在原地。

其他哥哥們也開始互相推托，紛紛轉向十三哥，跟我說是他引起的騷動。十三哥氣得大聲喊：「小十六明明就是不見了呀！太陽都下山了，還沒看到她。你們不是也很擔心？怎麼不問她去哪裡？去做什麼了？怎麼那麼晚才回來？」

其他哥哥們又把頭轉向我，想說什麼又不好說的樣子，最後還是大哥往前一步，用跟小寶寶說話的口吻說：「阿妮，不是我們要管妳，也不想妳覺得我們管太多，但是，不是說好天黑就要回家嗎？不然我們會擔心。」

好吧！說好天黑要回家但遲到了，的確是我不對。不過，也不至於這樣大陣仗……而且，為什麼我天黑前要回家，他們就可以天黑以後還出門？

愈想愈奇怪，也愈想愈覺得我以後不要答應他們什麼天黑前要回家的條件。

哥哥們保護過度了啦！

我決定暫時不跟他們說話。

大哥繼續溫柔地問：「阿妮，妳要不要告訴大哥，妳為什麼那麼晚才回來？還好嗎？有沒遇到壞東西？」

我知道大哥最好了，但是我不喜歡大家都來圍著我問話嘛！

十三哥在旁嚴厲地說：「小十六，妳知道妳答應天黑前要回來，所以才讓妳獨自出門的嗎？」

十三哥每次都這麼兇，我也會！「才剛天黑一點點，又沒有很晚！」

「嘿，妳還這麼兇？」

十三哥真的快被我氣死。

四哥趕忙出來打圓場說：「好了啦，不要吵了。阿妮寶貝平安回來就好了呀！」

雖然十三哥很兇，但像四哥這樣叫我「阿妮寶貝」，我也很受不了。為什麼老媽生了這麼多男生啊？

霎時，哥哥們都安靜了。

月光下，一抹威風凜凜的身影走向我們。

「母親大人！」大哥先出聲跟老媽問好。

我不知道哥哥們為何這麼怕老媽。雖然老媽比較嚴厲，我也常被老媽唸，偶爾還被老媽巴頭，但老媽……沒什麼好怕啊！

「都在這裡幹嘛？我在飯廳等了好久。你們還要不要吃飯？」老媽掃視大家一輪後，目光停在我身上，說：「妳跟我來。」

我偷偷吐了個舌頭，跟在老媽身後，穿過哥哥們自動讓出的空隙，朝王宮內裡走去。

十三哥也偷偷對我吐了個舌頭。

然後，哥哥們也就散了，各自尋各自的最短路徑去餐廳吃飯。

本來走在前面的老媽，突然停下腳步，回頭看我，並且問：「妳是不是遇到了什麼？」

賓果！老媽不愧是老媽，喵王國大統領，啊，不對，是喵王國女王真不是當假的，似乎什麼都瞞不過她。

「對呀，我遇見了木蘭。」我想，遇見木蘭應該不是什麼不能說的事，就算她是仿生人也沒關係，我有時候也會見到仿生人來拜訪老媽談事情或是傳達什麼消息。老媽應該也不會介意木蘭是仿生人。

「木蘭？」老媽的眼睛睜得好大，不過瞬間又恢復原狀。她的手舉起一半又放下，好像本來要巴我頭，後來又不想巴了……

我聽到老媽輕輕地嘆氣，她說：「回話要好好回、回完整，只說個木蘭，誰知道是什麼？又發生了什麼事？」

「木蘭就是木蘭。」我學木蘭說話，但老媽這次似乎真的要一巴掌呼過來了，我趕快接著說：「她是仿生人，有雙馬尾，拿著一把有眼睛的長劍，好好玩。我在荒城商業區的矮牆那裡見到她的，好像只有她一個人。我們聊了一下。她好好聞喔——」

老媽繼續問，「她在那裡幹嘛？」

「不知道。」

「不知道？」

「我還來不及問她，就天黑了。我想說要趕快趕回來……這樣，我有乖吧？喵！」

老媽沒理我，繼續想她自己的，只回頭要我跟上腳步，一起回屋內。

老媽的步伐穩健、優雅、輕盈，卻又有強烈的氣場，跟在她後面覺得好安全，好像什麼事都不用擔心，我只要做無腦女兒就好了。但是，老媽並不這樣認為——她總是「訓練」我要成為強大的接班人，之後好掌管整個喵王國。

老媽常說：「要不是為了生妳，我幹嘛一直生那麼多笨兒子？」

這倒是真的！哥哥們實在……算了，不說他們！

我跟老媽到餐廳時，他們早已吃完不見蹤影，只剩下老爸在餐桌的一側等我們——應該是等老媽！老爸不太管事，也不太管我們，只喜歡黏著老媽。

跟老爸行禮、打招呼後，我趕緊坐到位子上，老媽也不疾不徐地坐到老爸旁邊。待老媽坐定後，管家才讓廚房上餐。

我稍微跟老爸講了剛才發生的事，他點點頭說：「我就覺得妳沒事，十三他們不知道緊張什麼。」

老爸這麼信任女兒的心態，實在太好！不禁想跟老爸繼續多聊一點，但老媽卻催促我趕快吃完，好去看阿嬤。

老媽說：「妳去讓阿嬤看一下，說妳沒事；笨蛋十三剛剛吵死大家了！」

「笨蛋十三……」我低聲偷偷學老媽說十三哥，隨即被老媽瞪了一眼，「妳不能這樣沒大沒小，十三怎麼樣都是妳哥。」

然後老媽開啟了教訓模式，冷靜卻又一連串地說：「這次妳確實不對。如果做不到，就不要答應。如果答應了，就要盡力做到。妳既然答應了十三，說天黑前回來，那就要信守承諾。今天這事可大可小，但有些事情，若不注意，就很嚴重了……」

為了避免老媽講個沒完，我用最快的速度吃完一餐，說：「我吃飽了！要去看阿嬤了！」

老媽嘆了口氣，揮揮手讓我快去，卻又多加了一句話：「記得跟阿嬤說妳遇見了木蘭。」

我含糊應了聲，便跑開了。

腦海中一閃而過的念頭是難不成老媽認識木蘭？

我要去問阿嬤。

★★★

阿嬤年紀大了。大部分時間都在睡覺。

她住在王宮裡的獨棟小房子，還有個小院子。院子裡掛了張吊床，阿嬤有時候就在吊床上瞇著眼，晃呀晃的。

「阿——嬤！」我衝進阿嬤的院子，她果然在吊床上，眼睛要睜不睜的看我跑進來。

她懶懶地翻了身，要我到她旁邊，說：「妳今天闖禍了？」

「沒有！」

「嗯？」

「那不算闖禍，只是比較晚回家。」

「哦？」阿嬤饒有興致地睜開眼睛，挑眉問，「妳去哪裡了？」

「我去看夜神和日神的交會。」

「哦？」

阿嬤這時候完全清醒了，等我繼續說下去。

我說：「這是日神與夜神交纏的時刻，也是兩個世界相遇的時刻，什麼都有可能。」

阿嬤笑了。她捏了我的臉一把，說：「這是我說過的話，妳幹嘛背給我聽？妳說，妳自己看到了什麼？」

「木蘭！」想著阿嬤的「什麼都有可能」，我第一個想到的就是木蘭。

「哦？」

「木蘭就是木蘭。」我想，阿嬤應該會懂。

阿嬤的眼睛轉了轉，隨即低聲吟唱著：「唧唧復唧唧，木蘭當戶織。不聞機杼聲，惟聞女歎息。問女何所思，問女何所憶。女亦無所思，女亦無所憶。昨夜見軍帖，可汗大點兵。軍書十二卷，卷卷有爺名。阿爺無大兒，木蘭無長兄。願為市鞍馬，從此替爺征。東市買駿馬，西市買鞍韉，南市買轡頭，北市買長鞭。旦辭爺孃去，暮宿黃河邊；不聞爺孃喚女聲，但聞黃河流水聲濺濺。旦辭黃河去，暮宿黑山頭；不聞爺孃喚女聲，但聞燕山胡騎聲啾啾。萬里赴戎機，關山度若飛。朔氣傳金柝，寒光照鐵衣。將軍百戰死，壯士十年歸。歸來見天子，天子坐明堂。策勳十二轉，賞賜百千彊。可汗問所欲，木蘭不用尚書郎；願借明駝千里足，送兒還故鄉。爺孃聞女來，出郭相扶將。阿姊聞妹來，當戶理紅妝。小弟聞姊來，磨刀霍霍向豬羊。開我東閣門，坐我西閣牀；脫我戰時袍，著我舊時裳；當窗理雲鬢，對鏡帖花黃。出門看火伴，火伴皆驚惶，同行十二年，不知木蘭是女郎。雄兔腳撲朔，雌兔眼迷離；兩兔傍地走，安能辨我是雄雌？」

好長一段啊！我聽不太懂，但阿嬤細細吟唱的聲音好好聽，而且裡面有木蘭，我也跟著她複誦了幾句，「唧唧復唧唧，木蘭當戶織。阿爺無大兒，木蘭無長兄。不知木蘭是女郎。」

——所以，這個木蘭是我遇見的那個木蘭嗎？

我問阿嬤：「阿嬤，這是什麼？」

阿嬤微笑看我，說：「這是呀——」又若有所思地說：「這是很久很久以前的人類寫的歌，有人唱給我聽過。」

「人類？是真人類還是狂暴人類？」我好奇人類居然會寫歌。

阿嬤搖搖頭，說：「都不是。」可是，她停了一下又說：「也可能都是。」

——阿嬤，妳知道我的頭上正在狂冒問號嗎？

我追問阿嬤，但她似乎又神遊在她的念想裡了，自顧自地說：「那個人——他好喜歡唱歌、唸詩，我在他身邊聽得都會背了。」

「阿——嬤！」我提高嗓門喊阿嬤。我得把她的思緒拉回來，不然我根本不知道阿嬤在說什麼。

阿嬤回神看著我，說：「總有一天，妳會遇見命中注定的那個人——然後，那就是妳專屬的奴隸了。」

對，就是這句！我想起來了！我小時候被阿嬤帶去高處長廊等天黑時，阿嬤就是以這句話收尾。

——但是，阿嬤，我遇見的木蘭是仿生人，這樣也算「那個人」嗎？

我說：「木蘭是仿生人。」

「哎呀哎呀，是仿生人啊！」阿嬤瞇起眼睛，又笑了，彷彿在笑我是大傻貓，怎麼連人類跟仿生人都分不出來？

不管是人類或狂暴人類，我就是沒遇過人類呀！

阿嬤又陷入自己的沉思，說：「仿生人是人類做的。仿生人是人類又不是人類。可是——都是那個人開始的吧！」

好吧，我想，我稍微聽懂了一點點，關鍵應該是「那個人」。

我繼續問阿嬤，她只是一直神祕地微笑著，拉我到她前面，幫我梳頭髮，完全不回答我的問題。

過了一會兒，阿嬤幫我的側髮編了一條辮子，拍一下我的肩膀，說：「好了。」

然後，阿嬤突然支開旁邊所有侍女，讓我轉到與她面對面，仔細端詳我。

阿嬤調整坐姿，微傾著上半身，鼻子幾乎碰到我的鼻子，說：「小鬼，我知道妳長大了。」

在阿嬤的「大臉」逼近下，我不敢吭氣，等著看她要幹嘛。

阿嬤稍微拉開了點距離，摸了摸我的臉頰，說：「全部、全部、全部的喵王國裡，就妳跟我長得最像。我們的個頭都不大可是身手矯捷，還有雙清澈的金色瞳孔，以及最重要的，全身黑亮又柔順的毛髮，黑色的小鼻子，黑色的手掌和腳掌心——這是最美麗的色彩。」

確實，連繼承了阿嬤王位的老媽，都沒我長得像阿嬤。

阿嬤接著說：「這樣很好。長得像我，就是好看！」

嗯，阿嬤確實好看！

可是，我現在知道阿嬤覺得我也長得好看，然後呢？

我對阿嬤慢慢眨了眨眼睛，給她一個喵親親，期待她再多說點什麼。

果然，阿嬤後面還有話。她接著說：「像我們長得這麼好看的，值得有一個專屬的奴隸。妳聽好，現在跟妳說的話，很重要。除了我、妳的母親之外，再來就是妳能知道了，連妳阿公都不知道。」

我知道喵王國向來傳女不傳男，但老媽還在，也還氣勢凌人，不會一下子就要把王位傳給我了吧？我不要啊！

「阿……嬤……我不……」我企圖叫阿嬤不要衝動，但她完全無視，而且神色愈來愈嚴肅，繼續說：「妳不要插嘴！安靜！靜下心來，閉上眼睛，聽！」

看阿嬤的樣子不是鬧著玩的，我只好聽她的話，跟著閉起雙眼，安靜地聽。

我聽到庭院中的葉子被風吹動了，阿嬤跟著風的律動呼吸，遠處有一些腳步聲，應該是巡邏的守衛，還有我自己的呼吸聲。

我還感到阿嬤的手掌貼在我的額頭，以及阿嬤宛如浮在夢中的說話聲。

——這個世界不是全部的世界，還有另外一個世界，跟我們隔開了。這個世界去不了那個世界，那個世界也來不了這個世界。但是，我們是唯一能依著本心而自由穿越黑霧，往來兩個世界的。

——我現在跟妳說，這是我們獨一無二的貓通道，就在世界摺疊處——

——只有我們可以。但要妳自己找到。

——回去那個世界，找到妳命中注定的。

瞬間，四下寂然。

又一個瞬間，傳來阿嬤細細的鼾聲。

我張開眼睛，卻見阿嬤睡著了。

「阿嬤……」我輕輕搖她。阿嬤瞇著眼，看了我一下，又睡著了。

我知道阿嬤一時半會兒是叫不醒的，但她剛才說的那些話，實在有太多不可思議和讓我不解的地方，只好一直用不同聲音吵她：「阿——嬤——阿

嬤——阿——阿嬤！」

終於，阿嬤被我吵醒了。

她又貼近我的臉，說：「哎呀，妳到時候就知道了。那是件很美好的事。」

阿嬤含笑得如春風拂過眼前。

我的心中好像落下了一片花瓣。

我懂了嗎？

我不懂啊啊啊啊啊！

第二章 長公主、木蘭和阿政

★

難得失眠。

都怪阿嬤啦！昨晚跟人家說了一堆這個世界、那個世界的，又不講清楚，還要我自己去找貓通道和那個什麼命中注定的……

想去問大哥，但阿嬤好像說他們都不知道這件事，之前只有阿嬤和老媽知道。那麼，我該去問老媽嗎？還是繼續去問阿嬤？

可是老媽一早就很忙，一直在跟大臣們開會。現在去問她這種像阿嬤夢話的東西，一定被她一掌打飛。

那……再去找阿嬤好了！

我梳洗完畢、吃完早餐，正想蹺課先去找阿嬤時，只見頭戴粉紅色蝴蝶結的喵師笑吟吟地在門口等我。喵師說女王（我老媽）交代怕我昨天過度驚嚇而無法上課，要喵師來看我的狀況，若狀況不好就休息一日並稟告她，若無事就一切如舊去上課。

過度驚嚇?我嗎?應該老媽自己也不信，她只是委婉要喵師來押我去上課吧!

僵持一會兒，喵師還是笑吟吟在門口，問我要去上課或稟告女王後休息一日。

如果蹺課還要「稟告」老媽，當然只能乖乖去上課。

垂著頭跟喵師進教室，十三哥、十四哥、十五哥已經在裡面了。我們四個是老媽同一胎生的，也就一起學習，其他哥哥們則由其他的喵師帶領。

十三哥看了我一眼，欲言又止。十五哥依舊自己忙自己的，而十四哥則衝我傻笑。

好不容易半睡半醒捱到下課，午飯後趕去找阿嬤，沒想到她今天竟然出門了。本想在阿嬤屋裡等她回來，但枯等實在無聊，心中又積著一大堆事而睡不著，我想，先去找木蘭好了。雖然昨天說黃昏再去找她，現在離黃昏還有兩個多小時，但我知道她的營帳在哪裡，應該可以找得到她吧！

去停車場牽車準備出門，卻看見重機小趴後座側箱裡插了一支鋁製棒球棒，還黏著一張紙條，上面是十三哥醜醜的字寫著這支球棒送我當護身用。

球棒……這是哪招？如果要當武器，應該給我一把劍或刀之類的吧！而且上面還手刻了「十三」兩個字，是怕人不知道這是他送的嗎？

不過，有武器總比沒武器強，既然十三哥都特意送過來了，那我就姑且帶著它吧！

往木蘭的營帳前去的路程十分順暢，也可說十分無聊，我不禁開始後悔應該睡飽了再來，卻又不想掉頭。

遠遠的，我就看見木蘭坐在矮牆上，就跟昨天的位子一模一樣。

「木——蘭——」

我加快速度衝過去，再一個漂亮的煞車，停在她前面。

完美！

我好開心她在這裡，舉起手跟她打招呼，木蘭也跟我做同樣的動作。

「嗨！」

「嗨！」

「妳在等我嗎？」

「沒有。」

以為木蘭提早到那裡等我，但她面無表情的否認了，我雖然有些失望，卻也只有一下下。畢竟，她沒理由那麼早就來這裡等我；我們才「第二次」見面、「第一次」相約而已。

那麼，她在這裡做什麼？她在這裡多久了？

好奇是我的天性，現在又無聊加心煩，當然追問下去。我問木蘭：「那妳在幹嘛？妳現在忙嗎？」

「我在想事情。」

既然木蘭在想事情，我就不吵她。我很乖。我坐在旁邊陪她就好了。

我也跳上矮牆，跟木蘭並排坐著。

我們面對著王宮的方向，背後據說是從前舊世界裡最熱鬧的地區，現在就是荒城——顧名思義的什麼都沒有！只剩下傾頹的建築、變形後看不出是什麼的人類留下的遺物，以及偶爾混雜風中的奇特味道和陰鬱扭曲的感覺，才稍微證明了這裡曾經是那樣充滿生物和慾望的喧鬧。

其實，除了王宮之外，喵王國並無具體的疆界，很多族人也不住在王宮裡，而是四散各處。我們的理念就是只要我們能到的地方，都是我們的領域；就算今天不是，也總有一天會是。

我們現在多半居住於大陸南方，只是這裡比較溫暖而已。

不過，阿嬤還是不知用了什麼方法，讓王宮附近和周遭多少里（我忘了啊！）的土地，盡量「單純」，也就是說連我們戲稱為「小怪」的變異小獸、小蟲子等等，幾乎都不存在。

而這矮牆似乎就是界線。

在木蘭和我的背面，就不是「安全範圍」了。
但我來過這裡好幾次，好像也沒什麼可怕的東西。
儘管在這很像邊界的地方，卻完全沒有緊張感啊！
眼前是早就看膩的景象，木蘭在旁一動也不動，連風也安靜了。
我的眼皮漸漸垂下、垂下、垂下……

★★

在一個小小的夢中，聽到「唧」的一聲。
「唧！」又是一聲。
不，這不是夢！我趕快睜開眼睛，坐直身體，四處張望。
景物依舊，旁邊還是木蘭，不過她正反手用劍刺著矮牆另一邊地上的什麼東西。我想探頭去看，木蘭已經收回了劍。

地上是兩隻被劍刺穿的小怪。

通常見到小怪，不一定非得殺死他們。我不懂木蘭為什麼不讓他們自行跑走就好了？

「妳的尾巴。」木蘭的視線停留在矮牆另一面的牆面。

「我的尾巴？」我擺了擺我的尾巴——很好，沒事！

木蘭繼續看向那裡，輕描淡寫地說：「妳的尾巴垂在那裡，會被咬。」

啊，對耶！我安逸的睡著後，全身也跟著放鬆，尾巴就這麼自然而然的垂在矮牆另一側，偶爾還搖晃兩下。

「那兩隻小怪要來咬我尾巴喔？」我把尾巴擺回來，邊調整姿勢，邊問木蘭。她點點頭，也轉了個方向。

我們在矮牆上，側身面對面坐著。

「可是，小怪從來沒咬過我耶！」我說出我的疑惑，又在心中暗暗加了一句：「應該是我咬他吧！」

一般而言，小怪看到貓族都是跑得比我們還快，幾乎不可能主動挑釁或攻擊我們。

木蘭聳聳肩，表示不知道，可是神色卻有些警戒。

「怎麼了……」話還沒說完，我就被木蘭一把拉下來。

她側身護在我前面。

一個人類模樣的傢伙，正伸著雙手撲向我們剛才坐的地方。

當然，他撲空了。

不只這個傢伙，接著還有好幾個感覺相似的人類朝我們而來。

阿嬤的結界還是什麼的，似乎對他們無效。他們一個接著一個，翻過了矮牆。

木蘭一手執劍，一手拉著我又後退了幾步，說：「目，色紅如炎。狂暴人類。」

聽木蘭說他們是狂暴人類，我不禁深吸一口氣，這可是傳說中的生物啊！

喵師教我們時說狂暴人類不可理喻，若是遇見的話最好能閃開就閃開，不要正面衝突。他們現在就在眼前，我該怎麼辦？

當然是好好看個夠！誰教「好奇心殺死一隻貓」呢！

他們的眼睛果真如木蘭所言都是火燒似的紅，臉部表情說不上猙獰，卻每個都像別人欠他許多似的憤怒，而且充滿攻擊性，讓這世界感到不太愉快。

「在我後面。躲好。」木蘭又把我往後推，同時也已經手起劍落，擊昏了一個衝過來的狂暴人類。

另外一個、兩個狂暴人類舉起斧頭跟著衝過來，其中一人還喊著：「這裡有仿生人！殺了她！」

幸好狂暴人類的速度不快，只是一個接著一個而來有點麻煩。木蘭似乎不想用劍斬殺他們，只是四處閃躲，看準時機再集中要害，讓他們暈厥。

我跟著木蘭後面轉——不被捉到可是我的強項——忍不住問她：「妳為

什麼不殺了他們？」

「有血腥味，會引來更多。妳在，不好。」

「他們是吸血鬼？還是殭屍？」

「只是人。」

戰鬥中的木蘭依然面無表情的「簡答」，但我已經大概能掌握她的說話方式，也習慣了。

不過，既然要敲昏就好，那我也可以！

趁隙溜到小趴旁，拿出十三哥給的球棒，繞到一名仿生人後面，趁他正轉身之際，跳起來奮力揮向他的腦袋，擊出漂亮的右外野二壘安打，啊，不，是正中他的側臉，但他只搖晃了一下，似乎更加憤怒，一個斧頭就往我劈來。

正當我覺得生命跑馬燈快要出現的時候，突然發現雙腳離地了，整個人像騰空飛起一樣，背後有個什麼力量把我拎起來，往後丟。

不知刻意還是無意，我的落點剛好在路面積了最多黃沙的地方。我雖然沾了滿身沙，卻一點兒也不痛。拍掉身上的沙站起來，正對著一個在跟狂暴人類戰鬥的高大男人。他披著長袍的背影幾乎佔據我整個視線，頭上還戴了奇怪的帽子。

正想著再拿起球棒上前廝殺時，高大男人回過頭來，睨了我一眼，笑得很奇怪，說：「小不點待在後面就好！」

小、不、點！

這個人不知道以外觀來說別人很不禮貌嗎？

我的體型確實不大，卻很適合生存，不用浪費太多地球資源，而且行動敏捷，怎麼看都怎麼好。他卻帶著揶揄叫我小不點，實在讓我炸毛。

正想回嘴時，卻見他伸出手，以君臨天下的姿態對著那群狂暴人類，並用低沉的聲音說著：「君為臣綱，你們皆定在原地不動。」

剎那間，這群狂暴人類真的都在原地不動了。

「哇！」我忍不住驚訝地讚嘆，心想他是傳說中的魔法師嗎？這是魔法吧？

我試著移動了幾步，看是否也被定住——幸好我還可以動。

他又睨了一眼，又是那樣揶揄的笑；我好想巴他啊！

同一時間，木蘭則三兩下就把定住的狂暴人類全都打暈了倒下。看情況，他們應該會暈上好一陣子。

高大男人嘖了一聲，問木蘭：「怎不殺了他們？」

木蘭沒答話，卻走向我，問：「妳還好吧？」

「嗯，沒事。」

她打量我，確認真的沒事後，有些不解地問：「球棒？」

哈，對，我手上還抓著十三哥給的球棒，但好像沒有用。我斜舉著球棒給木蘭看，訕訕地說：「這是我十三哥給的，讓我護身用。」

木蘭說：「應該可用。妳力氣不夠。有些方法。我教妳。」

「耶，太好了，一言為定！」我想跟木蘭擊掌，她卻一臉迷茫，害我差點一巴掌拍到她臉上，幸好瞬間剎住了。

木蘭反而問我：「妳的手怎麼了？」

「嘿嘿，沒事，我只是想跟妳擊掌。」我邊解釋邊默默收回手。

木蘭抓起我的手掌拍了一下，說：「這樣？」

「嗯，對。」

我心滿意足了。

那個高大的男人在一旁雙手交疊環抱胸前，哼了一聲，說：「木蘭，妳不殺那些，莫非是擔心這小不點害怕死人？」

木蘭依然不理他。

我正要抗議他叫我小不點時，又被他抓著上衣後領拎了起來與他視線平高。

「你幹嘛？你放開我！你變態！」我想踢他，又被他往外拉得遠遠的，根本踢不到。

他笑了。

他直盯著我，說：「妳這小不點還挺嗆的！是貓族的吧？」

木蘭則是一隻手扣在劍上，眼神警告地看著他，說：「放她下來。」

「不。」他只回了一個字。

瞬間，就在木蘭拔劍前零點零一秒，我又回到地球表面了。

他把我放下，雙手一攤，向木蘭說：「算了，朕不想跟妳打，好恐怖。」

然後像是故意嘲笑我的身高，他誇張地低下頭跟我說：「小不點，妳竟然不怕朕，不錯！朕喜歡妳。」

「我不是小不點！我也不喜歡你！」我昂首站立，頭抬得老高，用最大的聲音吼他。

沒見過這樣踐的人！連十三哥、老媽、阿嬤都沒這樣，而且用聞的就知道他是仿生人了，還這麼囂張！

——不對，不能差別對待仿生人，喵師說眾生平等，就算是仿生人也有他們自己的意志和靈魂；大家都是被「製造」出來的，只是我們是被父母親「製造」出來的，比較接近宇宙大地原來的樣子，而仿生人是被人類製造出來的，離宇宙大地比較遠一點而已。重點是只要不妨礙我們，我們也不要討厭人家。

喵師說得沒錯，但仿生人怎麼差這麼多？木蘭就很好，跟這個高大的男人不一樣。

正想著剛剛會不會對他太兇，他卻哈哈大笑：「朕不是要讓人喜歡的！小不點，很好！」

我不懂這個人啊！

可以把他當成怪叔叔嗎？可是，木蘭似乎跟他很熟，而且剛才打鬥時，他們配合得好好……

「你引他們來的。」木蘭在旁，忽然說了這麼一句話。

我還沒反應過來，高大男人就說：「朕只是無意路過他們的群聚地，他們就一路跟來了。」

「你沒解決他們？」

「朕沒空。」

高大男人的回話似乎惹怒了木蘭，她的手又是準備出劍的樣子。

高大男人忙往後退一步，甩了甩長袍袖子，說：「朕真的沒空。朕忙著找妳，就沒空管他們了。」

木蘭的雙馬尾晃了一下，繼續問他：「CH讓你來的？」

「朕豈是——」高大男人本來揚聲說著，後來想了想，又變得和緩，說：「不。朕自己要來的。來接妳回去。」

「CH呢？」

「他不知道。我說妳去南方巡察了，要好幾天才回來。」

之後，兩人皆沉默。

在這氣氛底下，我似乎也不該出聲。

木蘭和這高大男人間一定存在特殊關係，或是奇妙的糾葛。而他們口中的CH又是什麼呢？是仿生人？人類？或其他？

一定不是貓族！在我們一族裡，我沒聽過誰叫做CH的。

話說回來，我不知道的事情愈來愈多了啦！這兩天究竟怎麼回事？

高大男人率先打破沉默，看著我們說：「妳該回去了。」

咦？我？我嗎？還是木蘭？

但木蘭完全沒反應，只是睜大眼睛瞪他。所以，高大男人在跟我說話嗎？他想要趕我走嗎？

我還有一點時間，其實不急，我不想被趕回去啊！

「我還沒……」我話說到一半，高大男人又睨了我一眼，一臉不干我事的表情，說：「朕在跟木蘭說話。」

「喔……」看來是我自己錯意了，但是他說話不會直接向著對象或明確表示是跟誰說嗎？他不知道這裡不只木蘭一人嗎？

他怎麼能讓人如此煩躁？

但是……但是，他剛剛好像又救了我，還有他「施魔法」時候的聲音好好聽……應該……應該不是壞人吧！

就在我內心小劇場翻騰的時候，木蘭和高大男人又說了好幾句話。當然，都是高大男人說得多。

直到木蘭叫我，我才回過神來，「喵，怎麼了？」

「跟我來。」

「咦？好。」

十三哥、老媽都說不能隨便跟陌生人走，但對方是木蘭，不算陌生人，而且我有很多問題想問她，就很乖巧的挨到她身旁，準備跟她一起走了。

高大男人又是雙手抱胸，皺著眉問：「你們要去哪裡？」

「回營。」木蘭回答得理所當然，並看著還暈在地的狂暴人類，對高大男人說：「這些人，你處理。」

木蘭的營帳就在不遠處，應該不用騎機車。

我先把小趴留在這裡，應該沒關係吧！

木蘭說完話就往營帳方向走去，我跟著她走了幾步，回頭看高大男人仍杵在那裡望著我們。

一陣風起，黃沙滾滾，瞬間，他竟顯得孤寂而滄桑。

——一定是我看錯了！他才不是那種人……

——他才不是……

我眨了眨眼睛，再看向他。果然，他又是那樣睥睨的表情。

我突然有股衝動想更認識他，便隔了好幾步距離朝他大喊：「你叫什麼名字？我叫喵阿妮，不是小不點。」

「朕是始皇帝！小不點怎麼連這個都不知道？」高大男人也大聲回我，聽起來有些高興。

「嬴政。」木蘭回過頭來，幫我補充了他的名字。

「嬴政……」我重複念了一遍，心想這名字感覺好難寫，靈機一動，很興奮地又朝他大喊：「那你就是阿政了！」

「朕是始皇帝。」他似乎很堅持他的稱謂。

沒關係，我也有。我再喊回去：「我是長公主——」

遠遠的，我好像聽到他又嘖了一聲。

★★★

不管阿政了。

我饒有興致地跟在木蘭後面，以為要去她的營帳。誰知道繞了幾圈後，她又帶我回原來的地方。只見小趴孤伶伶在那裡，那些狂暴人類已不見蹤跡，只有遠方看起來快要變成一個小黑點的阿政身影，正朝荒城裡的廢棄大樓群走去，而他肩上、手上似乎扛著、拎著人類形狀的東西。

木蘭說：「妳該回家了。」

我知道。

夜神與日神早已交纏許久。再一下子，就是夜神的世界。

我不明白木蘭為什麼帶我在旁瞎逛了好一陣子，嘟著嘴問她：「怎麼又回來了？」

木蘭沒答話。

我繼續問：「不是要去妳的營帳玩？」

「狂暴人類，不安全。」

「都被你們打敗了呀！」

「沒有。還有很多。」

「喵！」

木蘭說得雲淡風輕，我則嚇了一跳，不小心叫了一聲，趕忙四處張望，卻沒見到任何狂暴人類。

我問木蘭狂暴人類在哪裡，她伸直了手臂指著荒城裡的廢棄大樓。

「那些商業大樓區，不是什麼都沒有嗎？」我一頭霧水，以為木蘭指錯了，或我弄錯了木蘭的意思。

據我所知，那裡應該就是之前大戰後的廢墟，連土壤都因戰爭而被嚴重侵蝕，除了小怪，應該沒什麼其他東西。

木蘭認真的眼神，不像搞錯什麼東西。她說：「不是什麼都沒有。狂暴人類。妳跟我一起，危險。」

「但是——」我有好多疑惑，索性一口氣全問出來，「為什麼跟妳一起會危險？狂暴人類通常不會過來這邊，是跟著你們來的嗎？妳跟阿政應該不是一般仿生人吧？還有，CH 是什麼？」

「狂暴人類不喜歡仿生人。狂暴人類攻擊仿生人。仿生人攻擊狂暴人類。仿生人應該是跟阿政來的，不確定是否知道我還在這裡，是否會再來。我跟阿政只是仿生人。不知道是不是一般仿生人。還有 CH……」木蘭也一口氣回答我的問題，只是說到CH時停住了，似乎不打算繼續說。

我立刻使出淚光閃閃無辜大眼睛攻擊，不斷向她傳送「我好想知道、我好想知道」的念頭，希望她能繼續說下去。

儘管木蘭依然沒什麼表情，我仍看得出來她在猶豫了。

我更奮力將「渴望的眼神」發揮得淋漓盡致，直盯著木蘭。

依我的經驗，除了老媽、阿嬤、喵師還有一點點十三哥，應該無人能抗拒我這種眼神的。

木蘭卻也沒太多退讓，她只說：「CH是我boss。」

不是——木蘭有必要在這短短幾個字組成的句子裡，就出了六個英文字母嗎？boss是什麼意思？老闆？大魔王？

可是，看木蘭的樣子，她不想多談CH的話題。

沒關係，我等她。相信總有一天她會告訴我。

木蘭又說：「天黑了，快回去。安全。」

「我不……我……」

我竟一時語塞。木蘭應該不知道雖然老媽沒有規定我的門禁時間，但太晚回去輕則被十三哥碎唸，重則被十五個哥哥包圍到快喘不過氣來，其實跟有門禁時間差不多，還真的得回去了。

為什麼我不能在外面過夜呢？

在木蘭催促下，我還是騎上小趴，準備回王宮。

忽然想到，這大半天下來，又是狂暴人類，又是奇怪的阿政，我險些忘了本來困擾我的事。

發動小趴的同時，我轉頭問站在小趴側面的木蘭：「妳是唧唧復唧唧的那個木蘭嗎？」

木蘭又噗哧笑了，也依然只有幾點幾秒的瞬間，又回復成本來的面無表情。

她說：「是。」

我點點頭表示了解，她接著卻說：「不是。」

是？不是？木蘭可以給一個讓我沒那麼多問號的答案嗎？

大概我的表情過於驚恐，木蘭又說：「我是仿生人。木蘭就是木蘭。」

木蘭就是木蘭……嗎？

嗯，好吧！昨天她也這樣說，那我就接受了。

不過，我還有最後一個問題：「妳來這邊做什麼？」

仿生人除了有事來找老媽，或提供我們一些技術上的支援，一般仿生人不太往矮牆這一邊來的，而木蘭看起來不像我見過的那些技術人員仿生人。

木蘭回答得理所當然：「想事情。」

剛剛的剛剛，狂暴人類還沒出現的時候，木蘭也說她在想事情，並且很認真的在思考著什麼。所以，「想事情」對木蘭而言應該是很重要的——不知道她想出來了沒？

我想，這些就留著明天再問她吧！

木蘭明天應該也還在這裡。

我又跟她約了明天見，她沒說話，也沒揮手。

我還是當她答應了。

這時間已不容我再流連於此了啊！

我再跟木蘭說一聲再見後，就催落油門直向王宮方向衝。

這速度，這呼呼而過的風，這悅耳的引擎聲，暫時讓一堆想不通的事情都忘在腦後，連夜神都追不上我。

向前衝——

砰！

不！

誰在路上放了塊石板啦？

我從小趴坐墊上被彈飛出去，反射性的化為貓形，在空中滾了一圈才四腳著地落下。雖不致於撞到頭或斷手斷腳，但這衝擊也讓腳踝扭了一下，心臟緊張地怦怦亂跳。

「呼——」大大吁了一口氣，定睛看四周，卻見燈火通明，亮得跟白天一樣，我身處的路旁停滿了機車，地面也很平整沒有小石子或沙塵，再過去一點是高低錯落並且窗戶透著光的樓房，完全不是矮牆旁的黃沙地被夜神長袍籠罩的景象。

「呼——」我再次吁一口氣，眨眨眼，眼前的景象依然，絕不是那個我熟悉的地方該有的樣子。

而且，還有好多人類和仿生人走來走去。這些仿生人跟木蘭或阿政不太一樣。相比起來，木蘭跟阿政的穿著打扮很有特色，一眼就看出他們很特別，而這些仿生人則像最好大家都不要認出他們似的，完全融入周遭人類的樣子。

他們不知道就算外表相似，但是聞起來的味道差很多嗎？

我皺了皺鼻子，認真聞了一陣。確實，空氣中混雜著仿生人跟另外一種不知道是什麼的味道，也不是十三哥說的像香草布丁，但這應該就是人類的味道吧！

這些人類跟下午遇到的狂暴人類聞起來也不一樣。狂暴人類帶著臭臭的琉璜味，這些人類中雖偶有一些帶著琉璜味，聞起來也還好，沒那麼臭，反而有些酸酸的，也有的像十三哥說的香草布丁，但極少、極少。

所以，他們應該是真人類嗎？

今天是什麼好日子，我一天就看到了兩種不同人類，回去可以跟十三哥好好吹噓一番呢！

回去——啊，對，我應該正在回家的路上，然後小趴被絆，我被彈飛了出去，掉在……這是掉在哪裡？難不成我一飛就飛到荒城的廢棄商業區裡面了？但是，天空的顏色和味道不對呀！

東看看，西看看，前面看看，後面看看，怎麼都是茫然。

唯一發現的是我在四處張望時，也有很多視線朝我而來。

「小黑貓耶——」
「迷路了嗎？」
「是浪浪吧！」
「誰家的？看起來不像浪浪，長得挺好的。」
「我先來拍一張上傳。」
「咦？有貓？」
聽見好多此起彼落的說話聲，似乎在談論著我。
漸漸的，以我為圓心，圍了幾個人類和偶爾停下腳步看兩眼的仿生人。
我警戒地豎起尾巴，問他們：「你們要幹嘛？我沒惡意，只是不小心掉到這裡了。」
「牠在喵喵叫耶，怎麼了？」面對我的一名人類女生，歪著頭跟她旁邊的男生說話，男生點點頭回答：「不知道是不是肚子餓了？」
「我不是肚子餓，我是掉在這裡了。請問，這裡是什麼地方？」我又試著跟這些人類溝通，但他們完全沒人理我，甚至有人回我「喵喵喵喵」——雖然我叫喵阿妮也是喵王國的長公主，但我真的不知道他在喵喵喵喵什麼！他可以說人話嗎？

過了一陣子，我才弄懂，不僅是人類，連仿生人也都聽不懂我說的話。這些仿生人怎麼跟木蘭或阿政不一樣呢？不都是仿生人嗎？

人類是不是很笨啊？為什麼我聽得懂他們說的話，可是他們聽不懂我說的話？

正暗自批評人類時，人群愈圍愈多，愈來愈靠近我，還有人直接走向我，伸出手往我身上來。

天！好可怕！他們的眼睛不是紅色，應該不是狂暴人類，但這樣圍過來好像狂暴人類啊！

我趁機找個空隙以最快的速度跑走，幸好那些人類鈍鈍的，沒追上來。

暫避於牆角的陰影處，我已經放棄搞清楚這裡是什麼地方了，只尋思著該如何回家。

估量著這完全陌生的街景，應該距喵王國好長一段距離。如果單純用走或跑的，不知何年何月才到得了家，而且我連個方向都沒有。

我要再想想——

有了！對街有一輛重機跟小趴很像，我應該可以先「借」來用一下，至少可以進行比較長距離的移動。

打定主意，看準了目標，儘管中間是車來車往的馬路，我也閉起眼睛衝刺過去。

耶！我順利通過了。

跳到這輛重機前座坐墊上，一個變身——我還是一隻小黑貓。

不對呀，我為什麼不能像以前一樣，變成人類的樣子了？

再試一次！我還是一隻在坐墊上趴好的小黑貓。

——這是什麼妖術？

從小到大，哪一次不是說變身就變身，根本就是反射動作了。有時候是人形，有時候是貓形，這是每一個喵王國裡的喵都會的技能，或者說是天生本能，怎麼現在不行了？

雖說貓形有貓形的好處，像是老媽要教訓我的時候可以一溜煙跳上屋頂跑走，但人形才可以騎重機啊！

再再再試一次！我依然是一隻在坐墊上趴好的小黑貓。

「喵——喵——」

又是誰在對我喵？

這些人類有病嗎？他們沒看過黑貓喔？為什麼又是不同的一批人圍上來了？

不知在何處的不安，以及太晚回家的焦躁，已經讓我心情很差了，還遇到這些語言能力堪憂、無法溝通的人類和仿生人，我不禁在坐墊上抓了幾下，見那指甲刮出的優美痕跡才覺得舒爽。

不過，人類似乎除了語言能力不好，心靈感受能力也幾乎等於零，他們完全感受不到我的煩躁和不安。路過或圍上來的人類，左一句好可愛，右一句小黑貓耶，都是眼冒愛心想要我如他們所願般給予「可愛的」回應。

——但是，我還不認識你們啊！

——不是應該先互相初步認識了，才更進一步回應彼此嗎？

我不懂人類。

像木蘭和阿政那樣的仿生人，感覺比人類聰明。可是，仿生人又是人類做出來的，理論上應該是人類比較聰明吧！難不成人類製造出了比自己還優秀的物種？但誰會弄出跟自己很像又比自己強的啊？有這麼虐喔？

正想著人類真是神奇的生物時，就有人把一條肉泥棒直接遞到我嘴邊要我吃。

這這這這這這太超過了啦！雖然是很香的肉泥，也不能這樣強制塞過來，比老媽逼我吃我不喜歡的鰹魚還誇張。

但是，肉泥好香……好想吃……

不，我是喵王國尊貴的長公主，怎可隨便吃不知是誰遞過來的食物？而且老媽和十三哥常說不能吃陌生人給的東西，我要忍耐，不能吃、不能吃。

又有另一個人拿出另一種口味的肉泥遞過來——怎麼這些人類都隨身攜帶肉泥的嗎？他們果然很奇怪。

然後，又有人要伸手摸我了。

人類沒有老師或老媽教他們身體不能隨便讓人亂摸，也不能隨便摸別人嗎？

真是喵的……害我不小心在心中冒出了髒話。

這樣下去不是辦法，還是走為上策。

但是，我要走到哪裡去呢？

正在思索何去何從時，另一隻「冒著愛心」的手又伸過來了。

「我不要啊！走開！」我揮手趕走他們，只引來更多圍觀。

我以最快速度跳下這輛重機，也不管該往哪裡去的問題，反正先離開這裡再說。

我又跑回街上，往我本來「掉」在這裡的地方去，想回到「原點」看看有沒有我遺漏的線索。

眼前似乎有什麼在閃爍著。

反射性的，我追了上去。

我追——它跑——

我撲——

結果滿臉是沙。

一個完美的仆街姿勢，我在熟悉的黃沙地上趴好趴滿。

好累，好睏，有點不太想動……

第三章　聽阿嬤的話

★

天亮了。

我不想起床，翻個身繼續睡。

陽光透過窗戶，曬在身上暖暖的、柔柔的，遠處傳來喵大廚烤奶油餅乾的甜香，就像在我房間舒服的大床上睡覺一樣。

就像在我房間舒服的大床上——

我突然驚醒，眨眨眼，再定睛細看。

沒錯！這是我的房間，這是我的床，這是我的枕頭，這是我最熟悉的地方。

而且我又變回人形了。

再試試看變回貓形，也是跟吃飯喝水一樣輕鬆的事。

我就一會兒人形，一會兒貓形，來回好幾次，確認一切無礙，才鬆了一口氣。

卻聽見十三哥的爆笑聲，「哈！小十六，妳在幹嘛？變來變去的。」往聲音處看去，窗邊逆光處，十三哥不知何時拉了把椅子坐在那裡。因為逆光吧！我一醒來時竟沒發現他在那裡。

「你才幹嘛在我的房間……」第一時間，我當然是跟十三哥抬槓回去。可是現在不知為什麼，聽到以及見到十三哥，竟覺得心中暖暖的，不禁淚眼汪汪。

「唉，妳別哭！我沒欺負妳！」十三哥慌忙過來安撫我。

「我……我……我……怎麼會在這裡？……嗚……」見十三哥過來安慰，我忍不住「哇」的一聲大哭出來；邊哭邊問，又被十三哥一把摟住，險些喘不過氣。推開十三哥，我止住了大哭，眼淚仍一顆顆不停地掉出來。

「妳別哭、別哭！好乖！沒事、沒事！」被我推開的十三哥，仍挨在旁邊，輕拍我的頭、我的背，盡力安慰我。

「我怎麼會在這裡？」我嗚咽著問十三哥。

十三哥笑了聲，說：「這是妳的房間。妳不在這裡，要在哪裡？」

「我本來在……」不知該如何形容那些充滿人類的奇怪地方，也不禁自我懷疑，現在看起來一切如常，莫非我之前在作夢？

「妳本來四肢攤平，趴在城外道路上呼呼大睡。」十三哥不可思議的說，「妳的機車斜倒在路一旁，妳趴在另一旁，中間還有個石板。以為妳怎麼了，沒想到只是睡熟了，還呼嚕呼嚕的打鼾！」

十三哥說得我臉上三條線，這麼恥的狀況，怎麼可能發生在我身上？

但是，我好像有我趴在地上的印象……

十三哥繼續說：「而且妳還全身髒兮兮的……」

果然，我身上的味道聞起來不太好，身上哪裡好像還黏著沙子，不太舒服。

我扭了一下身體，十三哥適時給我一條乾淨的毛巾，說：「先擦把臉，再把手腳擦一擦，等下去洗澡。」

我一邊擦臉，一邊問十三哥：「然後呢？」

「然後我就把妳帶回家啦！小趴也叫人牽回來了。」十三哥一臉他怎麼有我這種傻妹妹的表情。就算他上一分鐘「暫時」溫柔體貼，我仍瞪了他一眼。

十三哥當做沒看到我瞪他，接著很嚴肅地問我：「妳究竟怎麼了？遇到什麼事了嗎？有沒哪裡痛？」

我只能沉默以對。

如果我在路上睡著是真的，那之前去過有很多人類的地方，是真的還是我在路上睡著時作的夢？那更早之前，我跟木蘭和阿政，一起對抗仿生人的事，又是真的還是作夢？阿政是真的嗎？木蘭是真的嗎？

……木蘭是真的嗎？

想到這裡，我低下了頭，陷入沉思。

木蘭如果不是真的，那就太慘了。

可是，我連著兩天都見到木蘭，也跟阿嬤講過木蘭，而阿嬤也好像知道木蘭，那木蘭應該是真的吧？

十三哥大概看我沒反應而且一副又要哭的樣子，急著問：「妳怎麼啦？」

「沒有——」

「沒有什麼？」

「沒有怎麼樣啦！」

「唉，妳！」

十三哥每次都這樣，一下子就生氣了。他正要再唸我什麼時，老媽和其他哥哥們剛好都進來了。

一下子，我的「少女」房間擠滿了十五個大男生，鬧烘烘的，好煩躁啊！

從小到大，我就是不習慣有這麼多哥哥呀！

每個哥哥都看過我一輪後，老媽三兩下就趕他們出去，連十三哥也被老媽關在門外，警告他們不許進來也不許偷聽。

我一方面樂得圖個清淨，一方面卻緊張得要死，深怕老媽要對我動什麼「私刑」。

老媽鎖上門，走過來的時候，我閉起眼睛、低下頭，準備承受老媽的巴頭懲罰。

等了一會兒，半點動靜也沒。我睜開一隻眼睛偷看，老媽就在我面前也盯著我。

老媽說：「睜開眼睛，頭抬起來，看著我。」

我抬頭直視老媽，卻見她好氣又好笑的表情，隨即又很嚴肅地問我：「妳好好跟我說，昨天怎麼回事？妳好好說，我不會罰妳。」

既然老媽說她不會罰我，而且她是一國之王，說話得算話，我就毫無顧忌地從木蘭在矮牆想事情開始，一路到我睡倒路上，都說得淋漓盡致。

講完後，仍不放心地問老媽：「我會是在作夢嗎？那些人類、仿生人、阿政，還有……木蘭？」

老媽不愧是老媽，聽我講完這些一大串有的沒的仍神色自若，一副我很沒見識的樣子，說：「聽起來還好，沒什麼事。木蘭雖然不好說是不是真的人類，但應該是確實存在的。還有那個妳說的阿政，應該也不是妳在作夢。當然，仿生人、人類都是存在的。」

「那……那個很多人類的是什麼地方？我真的到過那裡嗎？為什麼被彈飛出去後的地方跟我們這裡不一樣？為什麼我跑一跑又回來了？」

愈跟老媽說明經過，昨天發生的事就愈清晰，也讓我充滿更多疑惑。

我想，老媽應該知道什麼吧！

沒想到老媽竟然顧左右而言他，順了順我的頭髮，皺著鼻子說：「妳臭死了！先去洗澡。」

然後，就沒有然後了。

老媽一派優雅地走了。

只聽到她關上門，在門外對依然堵在門口的哥哥們叨唸了一頓，趕他們離開我的房間門口。

四周頓時變得好安靜。

我打了一個呵欠，想繼續睡，卻被自己臭到了。這種程度的渾身髒，已經不是舔一舔就可了事，還是要去洗澡。

據說人類大戰前的貓可以不用洗澡，真的是自己舔一舔就好了。人類大戰後，我們貓族也有了人形，就得像人類一樣「常常」洗澡，否則很容易髒。

想想，人類還真麻煩！

★★

乖乖洗完澡，吃飽飯，早已過了上課時間，而喵師也沒來拎我去上課，想必是老媽跟她說免我一天課程。我當然能蹺課就蹺課。

晃到老媽那裡想繼續找她問清楚，但她跟平常一樣就是不停地開會、開會，怎麼可能有空理我？

我轉個方向，踱步往阿嬤的屋子去。

「阿——嬤——」

聽到我的喊聲，阿嬤在她的吊床上搖晃著看我，問說：「妳又闖禍了？」

「沒。」我決然否認，況且昨天的情況應該不算闖禍吧！

「昨天是十三把妳找回來的。」阿嬤淡淡說了一句。

看來阿嬤什麼都知道了。她也太強！幾乎足不出戶，依然對大小事瞭若指掌。

但是，應該還不知道我遇到好多人類吧？

我嘩啦嘩啦把昨天發生的事又講一次，阿嬤也仔細地聽著。

末了，我把沒問成老媽的問題繼續問阿嬤：「阿嬤，妳知道那有很多人類的是什麼地方嗎？」

阿嬤伸了伸懶腰，眼神望向遠方，說：「知道。」

我不自覺的也跟著阿嬤的眼神望向遠方，以為那裡就是我昨天去過的地方。

當然不是！

我一臉狐疑又轉向阿嬤，可是她依然像看著遙遠的某個地方。

阿嬤不在意我動來動去，微微抬起下巴自顧自的說起了不可思議的故事。

阿嬤說這地球上不只有我們這個世界，還有其他的世界，而其他的世界都被泡泡包住，所以大致上就是泡泡內的泡泡世界和泡泡外的荒城世界，這兩個世界。泡泡世界的景象大致上跟人類大戰前差不多，不像我們這裡多為人類大戰後的荒城，所以泡泡世界裡還有很多人類，甚至是以人類為主。

雖然泡泡世界中沒有喵王國，但貓族會馴服人類，所以貓族才是泡泡世界的幕後主宰，只是人類不知道而已。

其中最大的一個泡泡世界就是阿嬤出生的地方，她也是從那裡來到這裡的。

阿嬤來這裡尋找命中注定的那個人（奴隸）。

……

阿嬤說的內容，聽得我一愣一愣。

聽阿嬤說泡泡世界就夠驚人了，更讓人震驚的是阿嬤居然是到這裡來找命中注定的那位，那她之前還說得像是她已經找到並擁有了的樣子，不是明明她都沒找到嗎？那幹嘛還要我去找命中注定的奴隸？

我不禁打插，問阿嬤：「阿嬤——妳找到命中注定的奴隸了嗎？」

「哦？」阿嬤斜看我一眼，捏了我的臉頰一下，說：「妳瞧不起阿嬤？以為阿嬤沒找到？」

「沒……有……」

「小鬼。」阿嬤白了我一眼，又說：「阿嬤當然有自己命中注定的奴隸。」

——那是一雙帶著憂鬱的深棕色眼眸，可是他看我的時候，又格外溫柔與熱情，彷彿全宇宙的愛都在他對我的凝視裡。

——從他叫對我的名字那時候起，他就是我命中注定的奴隸了。

阿嬤又陷入自己的心思中。

阿嬤好像還有另一個世界，跟我們不一樣——那是阿嬤的泡泡世界嗎？

「阿嬤，那後來呢？怎麼沒看到他？」

「他呀，」阿嬤的眼睛笑成了細細的彎月，說：「他走丟了。」

「啊？那怎麼辦？」

「所以，我就來這裡找他。」

阿嬤說得輕描淡寫，我反而替她著急，忙問：「找到了嗎？」

阿嬤搖搖頭，說：「後來只找到了你阿公。我們就在這裡建立了喵王國。」

「這個我知道，喵師上課說過喵王國的建立過程。」我得意地跟阿嬤展示上課所學。阿嬤沒理睬我，兀自說著她想說的：「或許他已經不在這裡了。或許等到特別的一天來臨，我又能見到他。」

「或許他也在找妳。」我試著替阿嬤打氣，覺得好心疼阿嬤。

「不可能。」

阿嬤斬釘截鐵的回答讓我嚇了一跳，心想阿嬤命中注定的奴隸好絕情呀！如果我遇到我命中注定的奴隸，我一定要好好調教他，讓他會一直在我後面跟好好。

或許察覺我的小心思，阿嬤又說：「人類大戰後，他把我留在泡泡世界，自己過來這裡了。他說泡泡世界比較安全，要我先好好待著，他要去清理荒城世界，一下子就回來。但是，他來這裡後就走丟了——過了好幾天又好幾天都沒回來，我只好來這裡找他。」

如果泡泡世界就是我昨天掉進去的人類世界，應該比較危險吧！那些行徑跟狂暴人類差不多的真人類，衝來衝去不停的車陣，空氣中酸酸的味道，加上彼此難以溝通的狀況，怎麼看那泡泡世界都應該是比較危險的 方。

我不懂。

阿嬤摸了摸我的頭，順了順我的頭髮，說：「妳要以人類的角度去看。他們必須以為自己是世界主宰並維持表面和平，否則就會毀滅世界。這就是泡泡世界運行的邏輯。人類常常不知道自己真正的欲望，所以會一個人類看另一個人類做什麼就跟著做，並且以為這是自己想要的，或是以為人家應該都要一樣。」

我說嘛——人類果然不是普通的奇怪。

甚至，有點笨？

「我不要人類當我奴隸了。」

既然人類怪怪的，我幹嘛讓他們當我奴隸？不是自找麻煩？

阿嬤不懷好意地笑了。她說：「這不一樣。妳遇到就知道了。」

「哪裡不一樣？」

「我們貓族跟人類在一起好幾千年了，有些事不是那麼能說清楚的。妳遇到就知道了。撇開人類自己的那些亂七八糟的事，我們跟人類之間可以是很美好的。妳想想，有個人完全以妳為中心，全心全意愛著妳，聽妳的呼喚和要求，溫柔又甜膩的跟妳說話，覺得妳是全宇宙最可愛的，就算這人的行為笨了點，不是也滿好的嗎？而且，最重要的，妳無須告訴他，他會第一次就叫對了妳的名字。他很在意妳。」

阿嬤的話與似乎有股魔力，我想像如果真有誰這樣對我，一定很好、很好。

心生嚮往啊！

完全忘了泡泡世界的人類如何行徑詭異。

不過，如果真有個在泡泡世界裡命中注定的奴隸，似乎其他人類的犯傻行為也可以原諒一點點了。

我還想知道更多阿嬤的命中注定奴隸的事，又問了諸如名字、年齡、長相、怎麼遇到等的問題，阿嬤在一臉不可說的表情下透露了一點那人叫做阿宏，是泡泡世界所謂的超級有錢人，也是厲害的科學家。而且，在阿嬤眼中，那個人又帥又可愛，還有好聞的味道。

我想，阿嬤應該美化了那個人吧！真的有人類又帥又可愛又好聞的嗎？應該是木蘭才是又帥又可愛又好聞。

但是，我沒跟阿嬤這麼說，我只是點頭附和她。

阿嬤叨叨絮絮說著，我靈機一動，突然很想幫阿嬤找到那個叫阿宏的人。

「阿嬤，那個阿宏，會不會回去泡泡世界了？」

如果阿嬤來這裡找他找不到，說不定他自己找到路回去找阿嬤了。

阿嬤秒回：「沒有。」

「妳怎麼知道沒有？」

「我五年前曾回去找過，他不在那裡。至少，不在我們曾一起住過的大房子裡。而且，『鑰匙』還在。」

——阿嬤現在說的「鑰匙」，以後我才知這是很重要的關鍵，但現在我比較訝異的是阿嬤從泡泡世界來的就算了，居然還回去過，然後再回來。

「阿——嬤，妳又回去過泡泡世界喔？會痛嗎？」

根據我昨天的經驗，要去泡泡世界不是要先被彈飛，就是回來時會仆街，搞得我全身痠痛，阿嬤這老骨頭怎麼受得了？

「痛什麼？」阿嬤的頭上冒出一個大大的問號。

「我昨天去的地方是泡泡世界吧？現在全身痠痛。」

「誰像妳這麼笨。」阿嬤回我一個不屑的眼神，轉而嚴肅的說：「聽好，剛剛和等下要跟妳說的事，只有我、辣辣，以及現在妳知道了。」

辣辣是老媽小名，阿嬤會叫老媽名字通常就是「這件事情是真的」或「這件事情很重要」，我很小時就察覺了這一點。

不過，阿嬤要說的事情怎麼跟前夜她說的好像？

我提醒阿嬤，這已經說過了。

「我知道。」阿嬤很酷的回答：「但是，妳也沒聽懂啊！」

確實，我一肚子疑惑還沒來得及搞清楚，似乎就先「身體力行」掉到「那個世界」，也就是阿嬤剛剛說的泡泡世界。

就算來回一遍，我依然不明所以。

只好乖乖閉上嘴巴，安靜聽阿嬤要說的話。

阿嬤跳下吊床，領我進去她的臥房，並且支退全部的婢女。

確定這裡只剩下我們後，阿嬤帶我去她房間裡的衣帽室，裡面除了一件又一件的華服，還有一道簾子隔成的試衣間。阿嬤拉開簾子，試衣間就像是一般的試衣間，除了角落擺了一塊石板。

「啊啊啊啊啊啊啊——」看到石板我也只能啊啊叫，這跟讓我摔車的石板一模一樣啊！上面還有個貓掌印。

「大驚小怪！」阿嬤回頭白了我一眼。

「不是呀——這跟昨天我摔車那條路上的石板一樣。」我急忙辯解，不讓阿嬤以為我看到一塊「尋常的」石板都會被嚇到。

「我知道，那是我放的。」阿嬤說得一派輕鬆，我的靈魂已經不知飄到哪裡去了——阿嬤，妳害我摔車了耶！

阿嬤一邊在試衣間繞著，一邊喃喃自語：「那是好久以前放在那裡記住位置的，幸好還在，沒有不見。」然後把我推到試衣間的石板附近，說：「這是我們的貓通道，可以往來這裡和泡泡世界，但是只有我的女性後代才能開啟與穿越。妳昨天應該是無意間打開了通道。我放石板的位置就是『我的貓通道的位置。』」

阿嬤的女性後代——不就是老媽和我嗎？所以，老媽也去過泡泡世界？我還沒跟阿嬤提出疑問，她又接著說：「妳現在來試試看。不會痛。」

我要怎麼試？昨天記得是騎車彈飛過去，然後撲向閃爍光點回來（仆街），這小小的試衣間怎麼騎車或飛撲啊？

「要用心。」阿嬤說：「妳要一心一意想著妳要穿過黑霧到另一個世界，而且到達後是人形還是貓形。我們在泡泡世界只能維持一種樣子。來，閉上眼睛，專心想妳會穿過黑霧，抵達泡泡世界。」

「阿嬤，等等。」在阿嬤一連串很像騙小孩的誘導中，我忽然想到一個很重要的問題，「回來也是這樣嗎？昨天回來的時候我沒看到石板啊？如果回不來怎麼辦？」

「妳笨啊！妳過去是哪裡，回來就從那裡回來，也是一樣的方法。妳先練習，我在這裡陪妳。妳過去先不要亂跑，試著回來看看。如果過五分鐘還沒回來，我就去接妳。」阿嬤又捏了我的臉頰一下，又露出慈藹表情企圖誘拐（？）我打開貓通道去泡泡世界。

阿嬤說：「找到命中注定的奴隸很重要，而且也順便幫我看看那棟大房子怎麼樣了，這個貓通道通往大房子的大房間。」

我還想說什麼，阿嬤默默露出喵王國開國女王氣勢，震得我大氣不敢喘一聲，只得乖乖聽話，閉上眼睛，專心想著去泡泡世界。

——我會穿過黑霧，我會抵達泡泡世界，我還是現在的人形樣子，我是原來的我。

——這個世界去不了那個世界，那個世界也來不了這個世界。但是，我們是唯一能依著本心而自由穿越黑霧，往來兩個世界的。

——我現在跟妳說，這是我們獨一無二的貓通道，就在世界摺疊處——

——只有我們可以。但要妳自己找到。

——回去那個世界，找到妳命中注定的。

漸漸的，我的思緒和阿嬤說過的話混雜一起，成為黑霧中的亮光。

一點一點，閃爍著。

★★★

「阿嬤——我回來了！」

鏘鏘，一個漂亮的落地，其實也沒落地啦，我就是雙腳跳出來，高舉雙手，開心地跟阿嬤說我回來了。

四周靜悄悄的。

「阿——嬤？」

我在試衣間四處張望，阿嬤怎麼不在？她不是說要陪我？而且，如果有什麼萬一，還會來救我？

我拉開簾子出去，阿嬤竟然拿著一件連帽斗篷在鏡子前比來比去。

「阿嬤——」被我一叫，阿嬤嚇了一跳，說：「唉呦，妳怎麼這麼快就回來了？才過了兩分鐘。」

「我怕回不來呀！一過去，就趕快回來了。」

阿嬤一臉我是膽小鬼的樣子，問我：「過程還順利嗎？有沒什麼事？」

「咦？會出什麼事嗎？阿嬤妳怎麼不早說？我眼睛閉起來想著要過去，

然後張開眼睛後就在那裡了，回來也是。中間就是跟著光點走，然後我知道到了，就睜開眼睛。」

「嗯，不錯。」阿嬤看著我，似乎很滿意，說：「一次就成功，不愧是我的孫女。」

我沒跟阿嬤說，是她說的那些話彷彿帶著我來去了一趟。

也許，改天再說。

阿嬤似乎認為我這樣就算學會了如何開啟與穿越貓通道，不再問我貓通道的事，反而拿連帽斗篷送我，說以後以人形樣子去泡泡世界時可以穿這件，用來遮住耳朵和尾巴。

阿嬤說：「人類極度不能接受跟自己不一樣的其他人類，而且很愛大驚小怪，妳還是遮一下比較好。」

阿嬤幫我把斗篷穿上，點點頭表示讚許，誇我這樣很可愛。

雖然覺得穿斗篷很麻煩，但沒關係，只要可愛就好了。

我正在鏡子前轉圈圈看新衣服時，阿嬤不經意地問：「那棟房子還好嗎？」

房子？啊，對了，阿嬤說要幫她看看房子現在怎麼樣了，可是我急著要試試看能不能回來，根本無心留意眼前的房子。

阿嬤哼了一聲，掉頭就走，說：「算了，我要去午睡了，這裡就給妳用。」

我心想完蛋了，惹阿嬤生氣了！

但是，只不過忘了幫她觀察房子，她幹嘛這麼生氣啦？

阿嬤果然是個謎。

我一個人被留在阿嬤的更衣室。

鏡子中披著斗篷的我看起來有些孤單。

心中有個聲音說著木蘭的名字。

——去找木蘭吧！

而且，如果石板是阿嬤說的貓通道位置，我還想去試試看昨天路上那塊石板位置的地方，是不是也可以像在阿嬤試衣間一樣「無痛」穿梭泡泡世界。

打定主意，我迅速離開這裡，騎上小趴先去昨天摔車處，試完了以後再去找木蘭。

用風一般的速度狂飆，揚起已經習慣的黃沙，午後的太陽被我遠遠拋在身後，不遠處的另一側是幾隻小怪奔跑，卻也無礙。熟悉的日常風景，本來以為就是世界的樣貌，沒想到還有另一個跟我們共存的世界。

原來地球上還有好多人類呀！不只是「少數」存活於此的真人類和狂暴人類，那些很多很多的真人類和仿生人，如果不加以節制，恐怕很快就要撐爆泡泡世界了吧！然後，再開啟另一次人類大戰？

我沒經歷過人類大戰，喵師上課時評為沒見過哪種生物像人類這樣，在都有食物和地盤的狀況下，還浪費過多精力在無謂的爭鬥上，甚至打到連窩都毀了，實在愚蠢至極。

喵師向來不喜歡人類。我想，她應該沒有像阿嬤說的，擁有命中注定的奴隸吧！

想著想著，突然想到——等等，那老媽有命中注定奴隸嗎？從來沒看過也沒聽她提起過！

如果喵師和老媽都沒有命中注定的奴隸，那該不會是阿嬤在糊弄我？

可是，阿嬤說的好真切，而且她形容得又好吸引人。我回想著阿嬤說過有個命中注定奴隸的好處，以及阿嬤說這話時似乎頭上開了小花的幸福感，彷彿我也能看到甜蜜的粉紅色。

正想著這些事時，眼前就是那塊一半埋在土裡、一半露在外面的「肇事」小石板。這一次，我巧妙地繞過去，將車停在旁邊，跳下來慢慢走近它。

真的跟阿嬤試衣間裡的一模一樣！

我蹲下來，好奇的摸摸它。手感一般，就是這裡常見的石塊、石板，除了上面有模糊的貓掌印外，毫無特別之處。想來阿嬤也是就地取材呢！

我想，試一下好了。應該沒規定一天只能穿梭泡泡內外世界幾次吧？

我站起身，閉上眼，照著先前演練的再試一次。

賓果！我過去了。

然而，這次去的地方好像跟昨天不一樣，倒是跟早先從阿嬤試衣間過去時的地方一樣，就是一個四下無人的大房間。

我繞了一下，這鋪著厚厚地毯的大房間，有床、有桌子、有張大書架上面擺滿了書，還有張單人沙發，聞起來有人類的味道，但這個味道聞起來好好吃，比其他人類的好聞，卻不見任何人影。從大房間窗戶看出去，這房間應該位於二樓，斜對面還有另一棟三層樓的房子。大房間的這棟房子和對面的房子都有漂亮的院子，但風格各異。大房間這棟的院子種滿了花還有一張華麗的吊椅，另外一棟的院子則是草坪、櫻木，還有一名人類……。

略微纖瘦的黑髮年輕男性，四周圍繞著某股沉穩的氣息。

當我看他時，他也抬起頭看向這裡。我們的視線就這麼對上了。

一秒、兩秒。

我趕快蹲下，退回到房間正中央的貓通道之處，再用同樣的方法回來。

——他應該沒看清楚我吧？

——啊，不管了，假裝什麼人都沒看到或被看到，也沒什麼事發生。

正當我在自我安慰時，聽見木蘭的聲音，問：「妳從哪裡來的？」

回過神來，才發現相隔二公尺左右的地方，木蘭的雙馬尾在風中盪呀盪的。她正拿著劍，有點警戒地看著我。

「木蘭……」我第一時間看到木蘭好開心，但又想到阿嬤說這貓通道只有阿嬤、老媽和我三人知道，又不免心驚，想著：「完蛋！被木蘭看到了！」

果然，木蘭看到了啦！她依然是那沒什麼表情的臉，一雙眼睛卻睜得好大，說：「妳是喵阿妮嗎？貓族會憑空出現？我的資料裡並無此記載。」

「我是喵阿妮啦！妳看，還有小趴！」我慌忙跟木蘭解釋，還指重機小趴給她看，只差沒變成貓形去蹭她的腳踝了。

見她收起了敵意和警戒，我趕快接著說：「我不會憑空出現，我只是去了另一個世界又回來了。」

我想，不管了，反正都被看到啦！況且阿嬤雖然說這貓通道只有我們知道，但她沒「禁止」我讓其他人知道……是吧？

木蘭的反應沒想像中的震驚，讓我想她或許能理解，便把所有事情一股腦兒都說出來，包含剛剛跟我對到眼的人類。

一派淡然的木蘭，不是被嚇傻了，就是早就知道這些了吧！

「木蘭？」我說完後，她都沒回應，我只好試著叫她名字。

「喵阿妮？」

「我是喵阿妮呀！」

「我是木蘭。」

好喔——這才是木蘭的正常反應。

我依然有點不放心，問她：「妳聽我說這些，還好嗎？不會覺得我在作夢或亂掰的？」

木蘭搖搖頭，說：「大致上我都知道，唯有貓族命中注定的奴隸和貓通道是第一次見過。我剛才遠遠的看到妳，但是靠近時，妳就消失了。隔了五分鐘，妳又憑空出現。原來這是貓通道。」

「嗯，對，是貓通道……咦？等一下！泡泡世界的事情，妳早就知道了？」反倒是木蘭的話讓我驚嚇，沒想到她本來就知道還有泡泡世界，而且覺得沒什麼？

「跟我來。」木蘭伸出覆有人類皮膚左手，做出邀請的姿勢，說：「我帶妳看一樣東西。」

既然木蘭都伸出手了，我當然乖乖跟她走——唉，不是，是我真的好奇想知道木蘭要給我看什麼啦！

這次真的跟著木蘭到她的營帳裡了，而不是像上次那樣被她帶著走了好大一圈，結果又回到原點。

這營帳比我遠看的大，應該住三、四個人都不成問題。

營帳外是樹枝搭的營火架，還吊著一個小鍋，應該是木蘭煮飯用的吧！營帳裡面則有張睡鋪，和用一顆大石充當的桌子，一把摺疊椅，零星的衣物，以及桌子上的一個奇怪小方形箱子。

木蘭按了小方形箱子一下，小方形箱子上突然有了畫面。畫面裡面有好多人類在動來動去，做各種事情，跟我昨天不小心掉進去的泡泡世界差不多。

「這個。」木蘭示意我來看這小方形箱子的畫面。

其實不用她示意，我早就盯著看到下巴快掉下來啦！人類怎麼能塞得進這麼小的箱子裡？他們在裡面生活嗎？難不成除了泡泡世界還有箱子世界之類的？

「這這這這這……這是什麼？」我好不容易擠出說話的力氣問木蘭。

木蘭說：「泡泡世界。」

不對呀！泡泡世界就跟我們的世界一樣大，應該不可能裝進這個小箱子裡。

見我皺著眉頭，十分困惑的樣子，木蘭便主動滔滔不絕說起了這個小方形箱子是什麼以及運作原理等等，講了快半小時，我終於弄懂了這小方形箱子有個名字叫做「電視」或「螢幕」，是個高科技的特殊裝置，而小蘭可以透過它看到泡泡世界。

木蘭說這是她的興趣。

「這個……電視，是妳做的嗎？」我覺得木蘭好厲害，竟然有這種東西，實在太神奇了。

「不是。」

「啊？」

「CH 做的。他有很多個。我帶了一個出來。幫助想事情。」

「妳的 boss 那位？」

雖然「電視」不是木蘭做的讓我小小失望，不過，沒關係，木蘭就是木蘭，依然是很好的。

我真的是一隻好奇的貓，又繼續問：「CH很厲害囉？他也能去泡泡世界嗎？那木蘭妳也可以去嗎？」

「難以判斷。不知道。不能。」

木蘭用簡單的斷句，一口氣回答了我三個問題，幸好我聽得懂！

我又問：「這個電視可以看到全部的泡泡世界嗎？」

木蘭又按了按電視，說：「我只能看到一部分。」

隨著木蘭不斷按著電視，泡泡世界的畫面也不斷改變，好像總共有二十個不同地點可以切換著看。

好有趣呀！木蘭正切換著畫面時，我突然瞥見熟悉的景象，就是那個大房子和附近的街景，是個依然沒什麼人的地方，對面院子的那位男性也不見了。

「等等，這裡，妳知道是什麼地方？誰住的？」我讓木蘭停在這一個頻道，指著螢幕問木蘭。她搖搖頭表示不知道，但是她說：「這裡有些奇怪，但我不知道為什麼。」

「這裡就是我去泡泡世界的那個大房子。」

聽我這麼說，木蘭多看了畫面兩眼，我也跟著看。好一陣子，都沒什麼特別的，只有兩個人和一輛汽車經過。

正當看到想睡時，我突然靈機一動，問木蘭：「妳要不要跟我去泡泡世界？」

「我去不了。」

「我帶妳去。要試試嗎？走啦！」

「也好。」

木蘭沉思片刻，就答應我的要求。

她步出營帳前在電視上按了一下，畫面變暗後，什麼也沒有了。

我興奮地拉著木蘭，迅速回到放石板的地方。

但是，我們試了好幾次都沒成功。無論我是人形拉著木蘭的手，或我是貓形趴在她肩上，怎麼樣都是我自己穿過去泡泡世界，木蘭依舊留在原處。

不禁為此大受打擊，像洩氣的皮球靠著小趴。木蘭在旁倒是一派輕鬆，顯得無所謂，甚至有些不解地問我：「妳阿嬤說過。妳忘記了？」

「什麼？」我阿嬤說過好多……木蘭現在問的是哪件事啊？

「只有她的女性後代才能使用貓通道。」

「啊，對！」

剛剛才跟木蘭說過一遍，她就記得一清二楚，好厲害！但是，現在不是佩服的時候，既然她記得，怎麼不告訴我，還跟我一起試試看？

我問木蘭，她有些開心地回答說：「試試看也無妨。總是有什麼在定律之外的。」

嗯，好吧！木蘭說得有理。

不過，實驗證明，阿嬤的話是對的。

我只能自己走貓通道了。

第四章　少爺大心、老莊和小松

★

好幾天沒好好睡一覺了。

今天終於能睡到自然醒。

不用上課的日子果真是最棒的，不僅可以睡好睡滿，還可以盡情做自己想做的事。

我想去找木蘭玩，想再去泡泡世界看一下。

順便問阿嬤一些事情——但是，她又出去了！

也想去問老媽，她有沒有找到命中注定的奴隸？

還有——嗯，好像哪裡怪怪的？關於阿嬤來到這裡建立喵王國、同一顆地球上兩個不能互相往來甚至不知道彼此的相異世界、貓通道、命中注定的奴隸、跟其他仿生人不一樣的木蘭和阿政、木蘭的電視、CH，以及阿嬤常說的像預言一樣的黃昏時刻……這些兜起來會形成什麼嗎？（希望不是地球爆炸！）

還有還有，老媽看待這些，像尋常吃飯喝水般的沒什麼特別，或不願意談論，反而讓人覺得很奇怪呀！

我想不通。

——我們貓族啊，就是一直想事情、一直想事情，然後把自己搞瘋掉的生物吧！

出門去玩吧！玩得開心了，腦袋也比較通暢。

回房間換好外出服後，一打開房門，就迎面撞上想要敲門進來的十三哥。

我們都嚇了一跳！

趁十三哥往後退一步時，我趁機往前一步，順手關上房門，表示我要出去了。

「妳『又』要出王宮？」十三哥刻意強調了「又」，說得好像我整天只會在外遊蕩。

十三哥其實也沒說錯，只是他不知道我在外遊蕩可是有許多事的，不是無所事事。

我很忙的。

「阿嬤找我。」為了不讓十三哥嘮叨，我編了個理由（善意的謊言？），希望他能爽快的自己離開。

然而，十三哥畢竟是十三哥，他居然要陪我過去阿嬤的屋子。我在心底默默倒抽一口氣，又不好推托，只能由他跟我一起往阿嬤那裡移動。

一路上，十三哥好像要說什麼，卻又無語。我能不說話就不說話，免得「阿嬤找我」這個編出來的理由在話語間被揭穿。

一下子就到阿嬤屋子外面的庭院。想當然啦，吊床是空蕩蕩的，阿嬤不在上面。我跟十三哥說：「陪我到這裡就好了。阿嬤應該是找我說些女生私密的話，你就不要進來了。」

十三哥的眼神狐疑，卻只能在門前止步。就像老媽一樣——對哥哥們而言，阿嬤也是嚴肅威武的；他們在心底畏懼著阿嬤更甚於老媽。

「沒事啦！你先回去，我去找阿嬤又不會不見。」我跟十三哥揮揮手，就不管他，自己走進阿嬤的屋子了。

平常我在阿嬤這裡就是暢行無阻，兩旁的守衛便自動幫我開門，無須層層傳報。

我知道十三哥必定會在屋外徘徊一陣子，因此我一時半刻應該無法再走出去，心想只好在阿嬤房裡待一陣子再說了。

阿嬤的屋子布置得很花俏，放了好多琳琅滿目的東西，但我也不敢隨便亂動。在沙發上坐了一會兒，覺得無聊，忽然念頭一轉，我走向阿嬤的更衣室，走進試衣間。

那塊石板還在。

我想，反正閒著無聊，再去一次泡泡世界吧！

但是我今天沒穿阿嬤給的斗篷，若依照阿嬤的說法，這樣有著貓耳、貓尾巴的人形模樣，應該被其他人類排斥。

那就以貓形樣態過去吧！泡泡世界的真人類見到貓時，常會「暫時」出現像狂暴人類的行為，但依他們的行動遲緩來判斷，我應該跑得掉，不會怎樣。

——就這麼決定了！

我閉上眼睛，想著要通到大房間那裡，還有那個踏起來很舒服的厚地毯……

厚地毯……

「咦？妳怎麼進來的？」聽起來帶著笑意的人類男性聲音從頭上傳來。

我睜開眼，之前來這大房間時聞起來好好吃的味道，又更濃郁了。抬頭往上看，這位低下頭、彎著腰，笑著和我說話的男性人類，和人形的我一樣有一頭淡金色毛髮——套句阿嬤說過的話——長得像我，就是好看。

他慢慢蹲下來，輕輕摸了我的額頭，好舒服呀！

然後，他又伸出左手食指到我鼻尖，讓我聞他的味道。

他的味道好好聞，像是香草布丁或奶油泡芙，加上一點點清爽的薄荷味，我忍不住伸出舌頭舔了一下。

下一瞬間，我像從夢中醒來，驚覺自己失態了！

趕忙瞥過頭，不看他，卻又豎著耳朵聽他的動靜。

「哎，妳不理我啦？」

他的聲音聽起來好失望。我忍不住再次回頭與他對看。他的臉上漾著笑，眼睛也笑得像彎彎的新月，可是眼神中卻透露著一股哀傷，像我小時候在半夜做惡夢醒來卻發現四周空無一人的恐懼和寂寞，好需要誰來給我一個抱。

這感覺……我知道。

我往前走了兩步，到他身邊，用臉頰蹭了蹭他的手背，再蹭了蹭他又伸出的手指，心想：「好啦！你乖！我理你就是了。」

他似乎開心了很多，漸漸散發出冬日暖陽般的氣場，歪著頭看我，說：

「妳好可愛！妳有人養嗎？迷路了嗎？還是想來我們家？」

同樣的問題，我也想問他：「你有人養嗎？要不要來我們家？」

他繼續問我：「妳叫什麼名字？」

我知道他是泡泡世界裡的人類，應該聽不懂我說的話，仍嘗試說了一些，但在他聽來還是喵喵叫吧！

因為，他不經意跟著喵了一聲啊！

我只好繼續煩惱並思考，該如何跟他說我是誰。

突然——他的兩隻手伸進我的腋下，面對面把我抱起來，湊近他的眼前說：「喵？妳就叫喵阿妮吧？……好嗎？」

登愣！

我的心狂跳了一下，腦袋也嗡嗡作響。

阿嬤說過的話，像是開到無限大的音響，整個大房間都迴繞著這句話

——妳無須告訴他，他會第一次就叫對了妳的名字。

所以，他就是我命中注定的奴隸嗎？我也太快找到了吧！完全不費吹灰之力，好像隨便在路上撿都撿得到一樣。

而且，他還這樣抱人家，胸部和肚子全被看光光啦！

我奮力一踢，踢到他的肚子，並且用盡力氣扭著身體，想要掙脫他。

他笑了笑，也就把我放下來了。

「你不知道少女是不能隨便亂摸、亂抱的嗎？」我著地後，生氣地跟他抗議，但他依然一臉開心地笑，說：「妳怎麼了，一直喵？肚子餓了嗎？」

他顯然聽不懂我說的話，又自言自語說：「我去幫妳找些吃的。妳乖乖待在這裡喔！」

等他走出大房間，我二話不說馬上使用貓通道逃離這裡。

逃離這個第一次就叫對我名字的人類。

驚嚇過度。

★★

我在阿嬤的更衣室沙發上睡了一會兒，醒來後才覺得紓緩許多。

躡手躡腳走出更衣室，發現阿嬤還沒回來，我便悠哉地離開阿嬤的屋子。

大門口，十三哥已不見蹤影。

我想找誰說這件事。既然阿嬤不在，我就去找木蘭。

回房間穿好斗篷後，我就以最快速度騎上小趴，離開王宮。沒發現十三哥在城牆上默默看我出去，也沒發現老媽也在某處不動聲色的注視著我。

我滿腦子都想著「命中注定的奴隸」這件事，以及那個好聞的味道。

我還沒準備好找到自己命中注定的奴隸啊！這是什麼奇怪的感覺啦！

「木——」我那個「蘭」字還來不及叫出口，就硬生生吞下去了。

不遠處的木蘭和阿政正在跟狂暴人類打鬥，這沒什麼稀奇，而是木蘭跟我認識的木蘭不太一樣，她的眼神專注而渾身散發殺氣，幾乎一擊必殺那些狂暴人類。不像之前只是敲昏他們，這次真的是見血的殺戮。

我有點不太敢叫她。

其實才一下子，木蘭和阿政就解決了這些狂暴人類，地上躺著好幾具屍體。

雖然荒城這裡偶有殺伐傳出，但幾乎都是小怪，很少是仿生人和人類（不管哪種人類）。

我不知道發生什麼事了。

阿政先過來跟我講話，他還是那樣睥睨的笑容，說：「小不點，又見面啦！妳今天穿新衣服？不錯喔！」

「我才不是小不點，我是喵阿妮。」我其實滿高興阿政誇讚我的斗篷，卻仍不免回嗆他，再偷偷地觀察木蘭。

木蘭用力甩了甩頭，她的雙馬尾搖晃得讓人心癢想伸手抓，但是我忍住了。

木蘭看了我幾秒後，駭人的殺氣才退去，又變回我熟悉的那看起來面無表情其實很好、很好的木蘭。

「木蘭——」現在我就敢跟她說話了。

「喵阿妮——」

「妳好。」

「妳好。」

「我來找妳。」

「好。等一下。」

嗯，木蘭還是原來的木蘭。我放心了。

她轉向阿政說：「你不要再來了。你來，狂暴人類也來，他們總是追你。不是我的事。」

阿政露出困擾的表情，有些激動地說：「朕無法容忍被拒絕。再給妳一次機會，跟朕回去！」

木蘭幾乎無視阿政的情緒，依然淡漠地回了兩個字：「不要。」

「為——什——麼？」阿政愈來愈激動。

「還沒想清楚。」

「想清楚什麼？」

「CH。」

木蘭提到CH，阿政的臉垮了下來，暗暗握緊拳頭，說：「妳又不能對他怎麼樣！他有他的計畫，況且也沒妨礙到我們。」

「你贊成他的計畫？」木蘭面無表情的發問，阿政則一臉不在乎地說：

「朕不予置評，反正對朕無傷。」

「但是，你得聽他的。」木蘭少見的露出一絲壞笑，說：「你不是秦始皇嗎？」

「朕是——」阿政大聲說著，隨即又擺了擺手，說：「朕不是——哎，算了！」

木蘭隨後又補了一句：「這些屍體，你處理。別再來。我想好了，自然回去。」

阿政雖然有點壞壞的感覺，現在卻像碰了一鼻子灰的大黃狗，乖乖聽木蘭的話，將屍體或扛或提，朝荒城廢墟而去。

木蘭隨即轉向我，微低著頭，說：「讓妳看到了。怕嗎？」

我其實第一時間是害怕的，但之後又覺得木蘭好厲害，心中早已滿是欽佩，完全忘記了害怕。再說，血腥味什麼的，似乎喚醒了貓族的古老靈魂，有什麼隱隱躁動著，反而有些興奮呢！

我搖搖頭，木蘭似乎也放鬆了些，她問我：「妳來找我？」

終於回到我來的目的上了，我說：「對呀！我想跟妳說，我好像遇到命中注定的奴隸了。」

「這麼快？」一下子就找到命中注定的奴隸，連木蘭也覺得不可思議。

「就是……就是我沒跟他說，他就叫對了我的名字。依照阿嬤說的，他應該就是我命中注定的奴隸。」

木蘭想了一下，又問：「那他叫什麼名字？」

「咦？他沒說，我也沒問耶！因為我無法問啊，他們聽不懂貓形的我說的話。」

「你沒問，你不知道。他沒問，他知道。」

木蘭一句話驚醒夢中人，我頓時想通了——那個人知道我的名字，而我不知道那個人的名字，所以他是我命中注定的奴隸，我才不是他的奴隸。

賓果！就是這樣。我應該坦然接受他是我命中注定的奴隸才對。

我想得正樂時，木蘭又問：「命中注定的奴隸，要做什麼？」

「應該要……嗯……應該要讚美我、要說我最可愛，要……」我支支吾吾地跟木蘭解釋，一面又想起阿嬤的話——有個人完全以妳為中心，全心全意愛著妳，聽妳的呼喚和要求，溫柔又甜膩的跟妳說話，覺得妳是全宇宙最可愛的。

——他很在意妳。

在意……嗎？

「我也在意妳。我不是奴隸。」

沒想到木蘭會這麼回我，我對她笑得大大的，說：「我也是。」

就在氣氛正好時（唉，不是），阿政又繞回來了。他後面照例跟了三、四個狂暴人類拿著斧頭追他，而他就是不管，任他們追擊。

木蘭又是一個反手，把我拉到身後，然後拔劍指向阿政。

咦？她怎麼拿劍對著阿政，不是應該對著狂暴人類嗎？

「我說過別再來。先解決你也不遲。」木蘭似乎對阿政動怒了。

阿政慌忙一閃，說：「別！不遠處有真人類和狂暴人類的打鬥，不關朕的事，朕只是路過。」

看來阿政只要路過就會吸引狂暴人類發狂並追著要砍他，這是什麼特異體質嗎？還是他從前得罪過狂暴人類，在狂暴人類圈惡名昭彰？

而且，他明明可以使用那個很像魔法的東西，把狂暴人類定住，他為什麼不用啊？

阿政愈跑愈遠，不知道是要躲木蘭的劍還是狂暴人類，我忍不住隔著愈來愈遠的距離，大聲喊著問他：「阿政！你不是可以把他們固定不動？怎麼不用啊？」

他回頭對我笑了一下，又以最快的速度從我的視線中消失，那些狂暴人類也追著他去了。（還是他們也很怕木蘭？）

木蘭的眉頭卻皺了起來。我不解，阿政不是已經離開了嗎？

木蘭說：「真人類和狂暴人類的戰爭，打到這裡來了。他應該是來傳消息給我的。」

我知道在北方的真人類和狂暴人類偶有戰爭，但都跟在南方的我們喵王國無關。剛才阿政說的不遠處有真人類和狂暴人類的打鬥，又是指哪裡呢？

跟我們喵王國有關係嗎？

木蘭還是一臉嚴肅，感覺很沉重。

我湊過去，拉拉她的衣袖，問她怎麼了。

木蘭也只是簡短地回答：「不確定，再觀察。他們繼續下去不好。」

然後，她就不管我的抗議，早早就趕我回家了。

因為她說待在這裡危險，她不能保證能顧到我毫髮無傷。

後來我才知道，木蘭雖然很強，但是體力和持久力沒那麼好（跟我們貓族一樣），若一下子有太多狂暴人類襲來，她也會很吃力。

——嗯，沒關係，我很乖，我今天先回家，改天再來找木蘭。

「我明天再來找妳。」離去前，我揮手跟木蘭說。

木蘭還是木蘭，她一句話也沒說。

我就當她答應了吧！

★★★

自從遇到命中注定的奴隸後，最近我的生活大半時間都是「木蘭——泡泡世界——偶爾阿嬤」這樣的循環，不知不覺也過了快一個月。

真人類、狂暴人類、仿生人也愈來愈常出現在眼前。真人類和狂暴人類間不知怎麼了，不僅一遇到就打起來，他們甚至是有計畫和預謀的互相攻擊，跟狂暴人類只是見到阿政時才會暴走很不一樣。

人類間的紛爭，從北方一路往南。

目前大致上對喵王國沒什麼影響，老媽卻愈來愈忙，跟大臣們開愈來愈多的會議。哥哥們也都被分配了一些事情做，只有我依然晃來晃去。

這好像是阿嬤的意思，先讓我自由探索一陣子再說。

老媽為此還跟阿嬤起了爭執。老媽想讓我早點參與政事，為未來接班做準備。阿嬤認為我應該先好好體驗世界，不然像被關在象牙塔裡，什麼都不知道。

最終，阿嬤勝利！（耶！）

我就繼續過著在貓通道來來往往的小日子。

至於我那命中注定的奴隸——後來我就常以貓形出入他們家白吃白喝——也終於從大房子管家的口中和一些零星的資料得知他叫做林大心，是宇宙心集團的少爺。這個宇宙心好像是間很大的公司，街上和電視上常看到寫著這三個字的招牌和廣告。

說到電視——泡泡世界裡的人類也喜歡看電視耶！

他們的電視畫面呈現出的影像，看起來就跟大部分泡泡世界一樣，不知道有什麼好看的？起初我以為可以看到喵王國，結果還是泡泡世界，不禁有點小失望，也覺得泡泡世界的電視好無聊。

林大心除了看放在桌上的電視，還會看一種拿在手上、被人類稱為「手機」的電視，常常看好久還會有很多臉部表情甚至碎碎唸，實在有點傻啊！

不過，最奇怪的是常常不在家的林大心的父親，也就是宇宙心集團創辦人林建宏——他為什麼是仿生人？仿生人可以生孩子嗎？不然林大心怎麼來的？

更奇怪的則是包含林大心在內的泡泡世界人類，似乎辨別不出誰是仿生人，像林大心家除了林建宏還有一位自稱孟媽媽的阿姨，也是仿生人啊！但林大心和管家都沒發現。

泡泡世界的仿生人也努力讓自己融入一般真實人類的樣子，但仿生人和人類聞起來根本不一樣；林大心和其他人類也太遲鈍了。

常笑臉迎人的林大心不僅遲鈍，還容易被奇怪的人類或仿生人纏上，總有些人常藉由他手上的「電視」傳訊息要他幫忙，而他也幾乎來者不拒，但心中卻不見得像他外表顯示的那樣開心。

「喵阿妮，我跟妳說喔——」只要林大心對我說話時是這樣開頭，八九不離十就是他感到煩心、憂傷，或寂寞了。我在旁聽他訴說，偶爾插個一兩句，但他也聽不懂，只是溫柔地摸我的頭，或是把我抱在懷裡。

我其實沒那麼喜歡被人類這樣抱著，好像全身都被禁錮了，但偶爾（也只有偶爾）我會讓林大心抱一下，讓他心情好一點。

現在，我就在他的床上。他一邊幫我梳毛，一邊說著最近學校的事。

大部分人類要離開自己住的地方去他們稱為學校之處上課，跟我在王宮就可以上課不一樣，而且他們上課時還會用到「課本」這種東西。除了去學校上課，他們下課後還要再去另一棟名為「補習班」的建築物再上一次學校的課程。我不禁懷疑，他們是不是智商不太高，否則為什麼同一課程要學兩遍？

據說林大心已經讀到他們稱為「大學」的學校，暫時不用去補習班，只要在學校上課就好了。這樣看來，林大心或是「大學」，好像感覺聰明一點。

大房子的大房間裡有整牆的大書架，上面擺滿了書，還有一層特別標註「大心必讀」，似乎是林建宏指定要林大心讀的書。不過，我對這些沒有興趣，只覺得大書架的高級木料材質好好抓，好適合拿來磨指甲。這似乎也被其他的貓族同胞認證過，在大書架的側邊木板上就留有好幾道我們貓族抓過的痕跡。

但是，我沒發現其他貓族也在這大房子裡啊！我也聞不太出來貓族的味道，可能這是很久以留下的痕跡吧！

記得林大心有一次看了我好久後，對我說：「妳跟我小時候在我們家的那隻我爸養的貓好像，但是仔細看又不一樣。你們的氣質不同，嘴巴那裡也有點小差異。可惜，後來她走失了。」

想必大書架上的抓痕，就是那隻跟我很像的貓留下的吧！好想見一見那位貓族同伴啊！

正想到快要睡著時，林大心突然起身，說：「快來不及了，等下有課，我得出門了。阿妮，妳乖乖在家喔！」

我做了一個完美的貓趴式伸展身體，對林大心甩了甩尾巴表示知道了，他就快快樂樂去上學。

至於我，當然不會乖乖在這裡等他。

林大心一出門，我馬上從貓通道回到阿嬤的試衣間，再以人形穿越一次到泡泡世界裡人們所謂的「補習街」，也就是我第一次不小心掉進來的那條街道。

貓形有貓形的方便，人形有人形的好處，麻煩的是我得在貓通道來來回回才能變換外形。如果貓通道有收費閘門之類的，它一定賺死了。

在泡泡世界人多的地方，我比較喜歡以人形樣貌出現，不然人類看到貓形的我都特別興奮，好可怕！

已經對泡泡世界熟門熟路的我，還是不理解生活在這裡的人類為何如此匆忙。由我們貓族看來，人類往往是動作遲緩地從一地趕著移動到另一地，那還真不知道是急還是不急了。

補習街上的人類更是如此。

他們中的多數人其實不喜歡來這條街，可又使用各種理由說服自己來這裡「上課」。然後，參加一些考試，看是否能脫離這條街。

通常以人形現身時，我都選擇在這裡出現。反正街上人來人往，大多彼此不認識，就不會有人覺得街角突然出現一個人有何奇怪了吧！

不過，今天的補習街好像更為喧鬧。許多人聚集在路口的一處大樓前的空地，有四個人輪流拿著大聲公講話，其他人則圍著他們，跟著一起喊：「恢復聯考！恢復國編本！我們要公平！」

我完全不懂他們在喊什麼，只覺得他們好幾條印有「恢復聯考大聯盟」的布條被風吹得飄來飄去，讓我手癢想去抓。

手伸到一半時，突然有個低沉的聲音在我後面說：「妳是貓族的吧？」

我嚇到收手，轉過身，眼前是兩位在泡泡世界算奇裝異服，但味道和裝扮感覺跟木蘭和阿政很像的仿生人。一位披著敞開的袍子並拿著根長煙斗，一位則是銀色長髮上戴著狐狸或不知道什麼妖怪形狀的裝飾；怎麼看在這泡泡世界裡都很詭異，但周遭的人類似乎不這樣覺得，有些經過的人類還會小聲讚嘆：「哇，是老莊本人耶！」、「還有小松——」、「他們是好朋友喔？怎麼一起出現？」、「可以跟他們要簽名嗎？」、「他們好像說了很多次，不能要簽名，看到他們遠遠地看就好了。」、「是喔？那麼跩？」、「但這樣很有個性啊！我好喜歡他們！」

陸續都有些目光投向這兩位仿生人身上，他們也不以為意，似乎已經習慣了。後來我才知道，他們是現在泡泡世界稱為「YouTuber」的網路紅人，就是在手拿的電視畫面裡說一些話，然後有很多人看，似乎可以無形中影響人類的思想和價值判斷。

剛才跟我說話的是拿煙斗的那位，他又壓低聲音說：「我是莊周，這裡的人都叫我老莊，妳是貓族的吧？」

跟在他旁邊的那位，則是用那一雙眼尾上揚的狐狸眼睛斜盯著我，說：「我叫蒲松齡，這裡的人叫我小松。」

他們真的跟木蘭和阿政聞起來好像，當然沒木蘭那麼好聞，要說的話比較像阿政，可又有些不一樣。總之，應該就是仿生人，但又不是泡泡世界裡一般混入人群的仿生人……重點是這兩人居然認得出我是貓族，那不就愈來愈跟木蘭他們很像了嗎？

如果是跟木蘭和阿政很像的仿生人，應該沒什麼危險吧？

「嗯，我是貓族。你們是仿生人吧？可是跟這裡的一般仿生人不一樣耶！」

沒想到一承認我是貓族後，老莊原本沉穩的樣子不見了，他雀躍地跟小松尖聲說：「真的耶！我就跟你說吧！這個是貓族！是貓族耶！我第一次親眼看到本尊，之前都是看資料影像的。啊啊——好興奮啊！而且是少女模樣的，好可愛！」

小松在旁頻頻點頭稱是，上下打量著我，說：「我晚上在節目裡說貓妖的故事好了。」

見到他們的反應後，我就後悔承認我是貓族了——這兩位怪叔叔是怎樣啦？就算沒看過貓族也不用這麼誇張！

我想，我不應該再繼續理他們了，得趕快離開這裡。

我拔腿想跑，老莊又恢復原本低沉的聲音說：「妳從『那個』世界來的嗎？妳怎麼辦到的？」

這讓我止住了腳步——又是一次好奇心殺死一隻貓啊！

我張大眼睛跟他對看。他吸了一口煙斗，竟昇起鯨魚形狀的煙圈，這好像有點有趣……

小松在旁哼了一聲，說：「你又用這招把妹。」

「我只是抽煙。」老莊晃了晃頭，一派悠然。

我還是不知道能否信任他們，可是又想搞清楚他們究竟是什麼身分，只好一直待著。

等到那隻鯨魚消失於空氣中，老莊又說：「我知道還有另一個世界，而這裡被那裡的人稱為泡泡世界。我們是建造這個泡泡世界的人留在這裡的，除了我、小松，還有其他最高階仿生人，都是這個鬼樣子。」

「鬼樣子？」我不懂啊，他雖然有點大叔樣，但還算帥吧！不是嚇人的樣子。

「我們是那個人按照已逝之人或不存在之人的設定，做出來的仿生人。那個人把我們幾個留在這裡，給我們一些任務後，就去『那個』世界了，他說他要去『清理』環境。他自己跑了，但是，我們在這裡卻有好多工作要做、好辛苦啊——」

老莊像在說別人的故事那樣自然，小松一度想制止他，卻被白眼回去。

小松不死心又湊近老莊旁邊小聲說：「這樣好嗎？你跟她說這麼多。」

「我還要說更多。」老莊不懷好意朝小松笑。

他們說的悄悄話，我其實聽得一清二楚。我們貓族啊，嗅覺和聽覺可是非常好的，要說悄悄話也請再小聲一點啦！

「你們說的那個人是誰？是阿宏嗎？」忽然間，我想起阿嬤說她命中注定的奴隸好像也是從泡泡世界來清理我們的世界，然後就不見了……說不定，他們認識阿宏？或是阿宏就是製造他們的人？

老莊噗哧笑了出來，又是那種很誇張的聲音，嚷著：「阿宏、阿宏、阿宏——那個人也算是阿宏吧！下次我要這樣叫他。」

小松在旁也笑得很開心，不曉得這兩人在樂什麼。

他們應該認識阿宏吧？

我繼續追問，老莊愈笑愈燦爛，說：「他也算是阿宏啦！」

「什麼叫做也算是？」我怎麼常常聽不懂他的話啊？

老莊正想要進一步解釋時，小松拉他看向「恢復聯考大聯盟」的集會那裡，那一群人好像要轉往其他地方了。

老莊臉色一沉，又微微一笑，對我說：「小妹妹，改天再去找妳！我們還會見面的。到時候，我再說故事給你聽。我最會說故事了！」

第五章　說好了，不離不棄

★

後來，我又跟老莊和小松見過好幾次面。

老莊還真不是自誇，他好會說故事，就算在說日常瑣事也像在說故事一樣好聽。

不過，有時候讓人分不清真假就是了。

而小松總是話不多的陪在一旁。他似乎跟我一樣很喜歡聽老莊說故事。

老莊、小松、阿政、木蘭，還有孟媽媽，他們應該就是所謂的高階仿生人吧！

老莊、小松、阿政、木蘭，我算是跟他們熟了，但是大房子裡的孟媽媽——還是不想親近她！我已經有老媽了，幹嘛到泡泡世界還要有個管東管西的媽？

林大心好像也不太喜歡她，老是和她針鋒相對，說孟媽媽又不是他媽媽，管這麼多幹嘛？要管也是老爸林建宏來管。

林大心為什麼不能在別人面前，也像跟我在一起時那麼坦率呢？

人類好像很喜歡自己把自己搞得很複雜。

真是夠了！

不過，自從我跟木蘭說遇到老莊和小松後，她似乎很感興趣，一直問他們的事。我當然都據實以告，連老莊和小松在泡泡世界的任務是偽裝成人類YouTuber來調控社會風氣的事都告訴她了。

老莊和小松將旗下的四位中階仿生人訓練成「聯考四天王」，組織「恢復聯考大聯盟」要讓世界回到舊秩序，且能讓人類將注意力放在這些枝微末節的事上，這樣人類就不會彼此爭鬥到引起更大的戰爭。如此一來，泡泡世界就可維持某種和平，就算爭執也只是小爭執，不足以毀滅世界。

這是製造他們的人的命令，他們無法違抗。

老莊常常說沒兩句就哎哎叫跟我抱怨這工作很爛，是個屎缺。

小松照例在一旁似笑非笑的。

倒是木蘭笑了，說：「真是屎缺。」

我不懂啊！「屎缺」這兩個字戳到木蘭笑點了嗎？難得看她笑耶！

「屎缺。」木蘭毫不猶豫再說一次，但我還是不懂「屎缺」這兩個字有什麼好笑或需要強調的。

「我們的 boss 都是 CH。」木蘭終於說出關鍵，我卻不覺得驚訝，彷彿他們是同一家工廠生產、替同一個人做事情是那樣合情合理，誰教他們的味道聞起來很像呢？

那麼，他們都對工作不滿嗎？我問木蘭，CH 虐待員工（他們）嗎？木蘭搖頭。

想了一會兒，木蘭說：「我一直在想，這樣子好不好。CH 要我們做的事，我們不開心。」

我問木蘭究竟怎麼了，她說：「我再想一想。」

我知道她不想談論這個話題了，只好打住，讓她自己想一想。

我在她旁邊陪她。

我在荒城世界陪木蘭，在泡泡世界陪大心。

他們其實也用各自的方法陪著我，就算看起來不怎麼絢麗繽紛，甚至有些笨拙，也是獨一無二的陪伴。

我陪著她和他，她和他也陪著我。

與木蘭並肩坐在矮牆上，日神和夜神也和諧融洽，形成瑰麗的色彩。

一切很好。

卻見十三哥帶著一小隊王宮侍衛，騎車衝過來，揚起好大一片沙塵。他遠遠喊著：「小十六，快回家！出事了！」

我跟木蘭同一時間都從矮牆上跳下來，心想不妙，不知出什麼大事，十三哥怎麼連王宮侍衛都帶出來了？

「母親大人遇刺了。」十三哥在我們前面急剎車，又深呼吸一口氣，接著說：「我來接妳，趕快回王宮。外面不安全。」

天啊！老媽好端端在王宮也會遇刺，這世界怎麼了？剛才不是還好好的嗎？

我呆住了。

木蘭輕碰了我一下，說：「趕快。我護送妳。」

十三哥帶了王宮侍衛來，應該用不著木蘭護送，而且我直覺上覺得木蘭應該留在這裡。

我婉拒了木蘭的好意，請她留在這裡等我。她點點頭，似乎能領會。

我迅速騎上小趴，隨著十三哥和王宮侍衛的車隊回王宮。

好想哭。

可是……不能哭！

我是長公主。

★★

狂奔到老媽房間，哥哥們和阿嬤都在那裡。老媽以貓形姿態氣息微弱地側躺在床上，腹部纏著繃帶，雙眼緊閉，看起來很累、很累。

她陷入了深深的沉睡，外面的世界似乎與她無關。

天大地大我都不怕，但見到老媽虛弱的樣子，竟讓我第一次覺得這麼恐慌。

大哥說醫生已經治療過了，但老媽依然昏迷不醒，而醫生說只能等她什麼時候自己醒來。

老爸也是貓形窩在老媽旁邊。他一臉憂傷，不斷地輕舔老媽的額頭和耳朵。

四哥早已抱著我哭得眼淚直流，其他哥哥們在旁討論老媽情況以及究竟發生了什麼事。

我也想知道發生什麼事！

在哥哥們此起彼落的說話聲和啜泣聲中，十三哥將他知道的事發經過仔細跟我說了一遍。大意就是有位真人類不知發了什麼瘋或是蓄意了很久，趁老媽在巡視王宮外牆時，他突然拿著短劍跳出來，朝老媽肚子狠狠刺下去。誰也沒想到平日無大事任大家自由來去的喵王國，竟還得小心提防刺客，讓跟在後面的王宮侍衛隊猝不及防。

幸好老媽反應夠快，趕快變成貓形跳走，那人才沒再傷到他。可是，這一劍卻刺得又深又狠，就算醫生治療了傷口，老媽迄今仍在昏迷中，不知道之後會怎麼樣。

而行刺的那人，倒是很快就被王宮侍衛抓住了。現在被綁在王宮地牢裡，正由喵執法審問著。

「為什麼真人類要殺老媽？」我的疑問也是大家的疑問，又是一陣七嘴八舌的討論。

我知道在荒城的真人類大多在跟狂暴人類打仗，對我們貓族並無敵意。泡泡世界的真人類，雖然見到貓族有點狂暴傾向，也還不至於對人形的我們拿刀相向，而且泡泡世界裡的人類應該不可能來我們這裡吧！

或許我們實在太吵了，原本坐在一旁不發一語的阿嬤，突然大喝我們安靜！

瞬間，只有阿嬤凌厲的眼神掃過房間，我們大氣不敢吭一聲。

氣氛正凝重時，喵執法來報告說經由曉以大義和貓爪「嚴密審問」，那個人類全招了。

他不是突然發狂，而是預謀的組織犯罪。荒城世界的真人類和泡泡世界的真人類居然可以藉由某種裝置而互相聯繫，他只是聽命於跟泡泡世界聯繫之人的命令來刺殺喵女王的，其他什麼都不知道。

一陣譁然！哥哥們覺得這個人胡言亂語，世界不就是一個世界，哪有什麼泡泡世界？全都只是那個人的推托之詞。

我則是內心暗叫不好，偷偷看阿嬤，而阿嬤也給了我一個眼神，示意我什麼都不要說。

無論哥哥們如何看待這件事，阿嬤最終把他們都趕出去了。

房間裡，只剩下我、阿嬤，以及昏迷的老媽。

阿嬤嚴肅地說：「辣辣傷成這樣，我不能離開，我要在這裡看顧大家和喵王國。妳去泡泡世界查一下怎麼回事，調查真人類有沒有哪裡不對勁，是不是像那個人所說的這兩個世界的人類真有互相聯繫。」

好想跟阿嬤說真人類不對勁的地方可多了！但現在好像不是嬉笑抬槓的時候，我安靜地在旁聽阿嬤的指示。

阿嬤卻不說話了。她盯著我看了一會兒，似乎在想什麼，才繼續說：「妳要小心！如果辣辣有什麼萬一，整個喵王國就是妳的責任。但是，貓通道只有我們可以通過，現在也只能讓妳自己……」

「沒事啦！我可以的。泡泡世界還有大心、老莊、小松，不是只有我。

而且，我也想找出到底是誰教唆來傷害老媽的，這實在太爛了！我要他好看！」

看到老媽昏迷虛弱的模樣，不由的又氣又傷心，想要找幕後兇手報仇。

一陣風吹過窗櫺，呼呼作響。

阿嬤瞇著眼睛，微抬起頭，看向窗外，呢喃著：「風向變了嗎？」

「啊？」

「沒事。」

阿嬤的話依然是三句就有一句是個謎，我只能挑我聽得懂的聽，反正阿嬤之後會說好幾遍，一次聽不懂就算了。

阿嬤轉向老媽又繼續說：「辣辣一直排斥泡泡世界，沒想到竟然被泡泡世界所傷？唉！」

我這才知道，原來老媽排斥泡泡世界啊！難怪每次想要跟她聊泡泡世界的事，她都岔開話題或假裝沒聽到，我還誤以為她都不聽我說話而有點傷心呢！

看來老媽有她自己的考量，等她醒來，我要問問她。

——老媽應該會安然無恙的醒來吧？

心情好沉重！

阿嬤似乎不願讓我在這兒只是哀傷和憤怒，說完她想說的就趕我出去做事，要我趕快去探查人類怎麼了。

離開老媽房間，十三哥還等在門口，他一臉憂心地問我：「母親大人應該沒事吧！妳還好嗎？」

我不知道怎麼跟愛操心的十三哥說，只能又說了善意的謊言，說阿嬤只是要我小心一點，以及囑咐喵王國再來要加強防守之類的事。

十三哥還是不放心地說：「小十六，我知道妳有事瞞我，但沒關係。如果需要我幫忙的話，我永遠在這裡。」

平常恰北北的十三哥，我知道其實很好的。我該跟他說泡泡世界的事嗎？但是，他也無法跟我一起去，也沒有像木蘭那樣的電視可看，說不說似乎也沒差。

或是，過一陣子等我更清楚來龍去脈，再跟他說？

目前看起來只有我能承擔釐清一切的責任了，我得加油！

下定決心，我帶著最燦爛的笑容跟十三哥說：「哥——我沒事，阿嬤沒事，老媽也沒事，大家都不會有事的。」

難得喚他一聲「哥」，十三哥好像被我嚇到了，一時傻在那裡。

我可不管他！讓他自己傻個幾秒就好了，我想去找木蘭問一些事情，順便從那附近的貓通道去泡泡世界。

為了避免十三哥跟隨，當然趁他還反應不過來時，走為上策。

★★★

人類究竟想要什麼呢？

兩個世界的人類真的互相聯手來刺殺老媽嗎？為什麼？

仿生人也參與了嗎？

跟人類很像的仿生人，知道人類要什麼嗎？或是，仿生人也有想要的嗎？

我們貓族總是很清楚自己想要和不想要的，就算一下子想要這個，一下子又不要這個，也沒問題。重要的是每個當下——當下，我們想要什麼！

我發現泡泡世界裡的人類常常不知道自己想要什麼，或是不敢追求真正想要的。等到遇到真正想要的，往往會採取錯誤或激烈的手段，造成自己和別人的傷害。或是，乾脆什麼都不想要，假裝無所謂，其實心中十分在乎。

好彆扭啊！

往木蘭那裡去的路上，我想著這些想不出答案的問題，頭昏腦脹的，竟有些想睡。

應該是聽到小趴的聲音，木蘭從營帳走出來，憂心地看著我。

我照例先跟她打招呼。

「木蘭——」

「喵阿妮——」

「我沒事喔！老媽還活著（應該吧），我也還活著！」

「好。」

「好什麼？」

「活著，很好。」

我不知道像木蘭這樣的仿生人，對生離死別的感受和看法是否跟我們一樣，但她說活著很好，那就很好。

見到木蘭，本來緊繃的我，突然全身放鬆，忍不住變成貓形坐在小趴坐墊上。貓形才是我們貓族本來的樣子呀！這樣子最放鬆了！

木蘭靠過來摸了摸我的頭說：「累了。休息。進來。」

她正要伸手抱我回營帳時，又突然縮手，改為一手按著劍柄、一手護住我們的姿勢。同一時間，有個興奮的男性人類聲音從頭上對著我喊：「小白！」

——小白？確定叫我嗎？

我趕快全身上下迅速檢查一遍，怕我突然間變成白毛貓了。幸好全身依然黑亮好看！

那人辨色能力有問題嗎？

害我瞬間懷疑貓生，真是夠了！

「小白！妳怎麼在這裡？」他又興奮地嚷著，並且伸手摸我的額頭。

雖然這觸感跟林大心的有點像，很舒服，但是——你才小白啦！你全家都小白！

木蘭在旁想要阻止他，卻又像被什麼擋住了，無法阻止他。

我趕快跳走，變成人形狠狠瞪他！

披著黑斗篷，看起來外表挺拔的這位中年大叔怎麼看起來像是林大心他爸林建宏？難道泡泡世界裡的仿生人跑出來了？不，不對！他聞起來不是仿生人，就是真人類的味道。

那麼，他是誰？

他當然沒發現我的內心小劇場，兀自失望的說：「妳不是小白。妳們好像，仔細看又不一樣。也對，小白怎麼會在這裡呢？妳是喵王國的，小白不是，小白是我撿到的小寶貝。」

「才不是呢！」

阿嬤的聲音遠遠響起，清脆、嘹亮、任性，而且充滿一位女王該有的頤指氣使。風吹黃沙裡是帥氣的重機車隊，由阿嬤領頭，王宮侍衛環繞在旁，威風凜凜地過來了。

阿嬤讓車隊停在十五公尺遠的地方，也讓王宮侍衛在那裡待命，獨自走向我們。

「阿嬤——」我好訝異阿嬤怎麼會來這裡，不禁脫口喊她。

阿嬤看了看我，也看了看木蘭，並對木蘭露出微笑，又直視著中年大叔，再次高聲說：「我才不是你的小寶貝呢！」

「妳就是傳說中的喵王國前任女王嗎？真榮幸見到妳。」

起初，中年大叔似乎被阿嬤說的話嚇到了，而且滿臉疑惑，但下一秒鐘，他很快鎮定下來說些不著邊際的社交話。

阿嬤盯著中年大叔看了一會兒，嘆了口氣說：「我是喵小白。我記得你的長相和味道，你卻不記得我。阿宏！」

——不會吧！這變態兼色盲的中年大叔，就是阿嬤說起他來會好甜好甜的命中注定的奴隸？他跟阿嬤形容得不像啦！

——而且，我長這麼大第一次聽到阿嬤的名字叫喵小白，怎麼辦，好想笑！

但是，阿嬤好像正在氣頭上，我還是乖一點好。

木蘭往我這裡看了一眼，我們面面相覷，不知如何反應。

中年大叔比我們更震驚，用不可思議地眼神看著阿嬤，說：「小白？不可能！我把小白留在另一個世界的大房子裡了，那裡有管家照料還有好吃的，對她比較好……沒有什麼能穿過兩個世界的！喵王國前女王，妳別開玩笑了。」

「你以為的『對她比較好』，真的是對她好嗎？你又怎麼會知道呢？從第一天開始就說好的不離不棄，難道遵守的人就是笨蛋嗎？」

「不是這樣的……」

阿嬤義正詞嚴，氣勢驚人，中年大叔亟欲辯解，卻無插話餘地。阿嬤繼續說：「我沒想到你就是刻意挑起荒城世界的混亂、讓真人類和狂暴人類陷入戰爭、偶爾還讓仿生人參與殺戮的 CH。你說來荒城世界清理環境，一下子就回來，要我等你。我等了好久，忍不住了，就用心念打開貓通道，從泡泡世界過來找你。找了好久，怎麼樣都沒『阿宏』的消息，我以為你就這樣走丟了……」

——阿宏就是 CH？

我用眼神跟木蘭確認，木蘭點了一下頭。

我快暈倒了，這是什麼神展開？

讓我想一想——阿宏是阿嬤命中注定的奴隸，阿宏就是 CH 也是木蘭和老莊他們的 boss，阿宏會做仿生人，阿宏是從泡泡世界過來的，阿宏長得跟泡泡世界的仿生人林建宏很像……林建宏……建宏……CH……

「啊！你才是林大心真正的爸爸！」我不禁脫口而出，大家都往我這邊看，阿宏神色緊張地問：「大心怎麼了嗎？」

「他是我命中注定的奴隸！」我得意地大聲說著，心想這樣應該也算幫阿嬤出一口氣了吧！

他是阿嬤的奴隸，他兒子是我的奴隸，這樣多好呀！

阿宏一臉我這小孩在說白痴話的樣子，阿嬤則朝我一笑，接著說：「不管怎樣，我問你，是你派人來刺殺我女兒的嗎？」

「刺殺喵女王？怎麼會？不可能！如果妳真是我的小白，應該知道我最喜歡貓了，不可能對貓下毒手，而且我也盡量讓人類戰爭不要打到南方來。」

木蘭點了點頭，低聲說：「這倒是真的。」

「如果不是你，還有哪個人類能跟泡泡世界互傳訊息？我知道你有『鑰匙』，可以進出兩個世界。被我們抓到的刺客說，指使他的人可以跟泡泡世界的人類互傳訊息。」阿嬤提出質疑，我想，阿嬤說得沒錯，這世界除了我們的貓通道，大概只剩擁有奇怪裝備的 CH 有這能力了。

他連忙否認，說：「我只有兩把鑰匙，一把在我身邊，一把在泡泡世界被保管得好好的，目前也還沒丟。」不過，他想了一下又說：「但是，我後來又做出其他設備，雖不能直接穿越，卻能看到泡泡世界與互傳訊息……」

「就是你——」阿嬤狠瞪了阿宏一眼，他趕忙說：「真的不是我。」

阿嬤不管他的辯解，淚眼盈眶激動地說：「你怎麼變成奇怪的 CH 了？你明明最討厭戰爭，希望讓住在地球上的我們都快樂，所以才發明泡泡、製造仿生人，還有來清理這裡……」

「小白，」阿宏嘆了一口氣說：「我沒變。我真的在『清理』這個世界。只要人類不在，這裡或是說地球就會好好的。我想通了，人類活在泡泡世界裡就好了，其他地方不需要人類，所以得設法讓留在荒城世界的人類自相殘殺……不過，我也沒料到妳就是喵王國的創建者，妳好棒！」

阿宏試著解釋與安撫阿嬤，但阿嬤愈說愈氣，只差沒動手給阿宏一掌了。

他們互相爭辯了一陣子，最終，阿嬤雖仍不贊同阿宏的作法，卻似乎相信他不是刺殺老媽的主謀，而他也答應幫阿嬤找兇手。

皆大歡喜——嗎？

木蘭卻很煩惱的樣子。

阿宏轉過身對木蘭說：「我故意放嬴政出來找妳，結果仍只有他一人回來，我只好自己來找妳。妳得跟我回去，這是命令。」

木蘭說：「我不能違抗你。我出來想清楚了，我不喜歡你做的事情。但是我不能違抗你。我會跟你回去。工作。」

阿宏點點頭，很滿意的樣子。

我則有如晴天霹靂——木蘭要離開這裡了？她要回去哪裡？北方嗎？

「木蘭，別走。來我們家住。」我想留她下來。

為什麼我在這裡說出口的話，都讓其他三人如此震驚呢？他們又都將視線投在我身上。

木蘭搖搖頭而且噗哧笑了，當然也只是瞬間，她又恢復成面無表情，說：

「妳果然好有趣。」

我無法留下木蘭。阿宏跟阿嬤似乎更為複雜。

臨走前，阿宏問阿嬤：「妳要跟我走嗎？」

阿嬤睜大眼睛一臉不可置信，果斷地搖了搖頭。我在旁邊偷偷鬆了口氣，幸好阿嬤沒有要跟他走，不然我怎麼辦？

阿宏又問：「那……妳會原諒我嗎？」

阿嬤抿了抿嘴，微抬起下巴，驕傲地說：「現在不會。」

「那什麼時候會？」

「……三個月後！三個月後，我再想想要不要原諒你。」

得到阿嬤的答覆，阿宏開心地催促木蘭整裝出發。

木蘭在收拾時，我們就在旁邊看著。四個人都不發一語。

我們只是看著。

直到他們的背影逐漸消失於北方。

我問阿嬤：「阿嬤，妳怎麼會來這裡？來找我嗎？老媽還好嗎？」

阿嬤淡淡一笑，說：「辣辣還好。我來找木蘭問話的，現在沒事了。」

「喔。」

「妳看，日神與夜神都來了。」

阿嬤牽著我的手，望向遠方。

——這是日神與夜神交纏的時刻，也是兩個世界相遇的時刻，什麼都有可能。妳看，天空顏色多美。

我知道。

再來，我要出發去泡泡世界了。

這是我得獨自面對的旅程，或是——有些夥伴。

～《黑貓上等—黃昏時不要打開課本》完

～請期待下一部《莊周夢蝶—黃昏時不要打開課本》

輕物語 010
黑貓上等－黃昏時不要打開課本

原案：羽曜、某狐
作者：羽曜
封面插畫：葉長青
美術設計：Johnson

總編輯：廖之韻
創意總監：劉定綱
編輯助理：錢怡廷

法律顧問：林傳哲律師／昱昌律師事務所

出版：奇異果文創事業有限公司
地址：台北市大安區羅斯福路三段 193 號 7 樓
電話：（02）23684068
傳真：（02）23685303
網址：https://www.facebook.com/kiwifruitstudio
電子信箱：yun2305@ms61.hinet.net

總經銷：紅螞蟻圖書有限公司
地址：台北市內湖區舊宗路二段 121 巷 19 號
電話：（02）27953656
傳真：（02）27954100
網址：http://www.e-redant.com

印刷：永光彩色印刷股份有限公司
地址：新北市中和區建三路 9 號
電話：（02）22237072

初版：2021 年 9 月 30 日
ISBN：978-986-06047-9-5
定價：新台幣 280 元

文化部補助 文化部 MINISTRY OF CULTURE

國家圖書館出版品預行編目 (CIP) 資料

黃昏時不要打開課本：黑貓上等／羽曜作. -- 初版. -- 臺北市：
奇異果文創事業有限公司, 2021.09
面； 公分

ISBN 978-986-06047-9-5(平裝)

863.57　　　　110018220